岩波文庫
31-021-7

温泉めぐり

田山花袋著

岩波書店

目次

一　温泉のいろいろ

温泉《おんせん》というものはなつかしいものだ。長い旅に疲れて、何処《どこ》かこの近所に静かに一夜《ひとよ》二夜《ふたよ》をゆっくり寝て行《ゆ》きたいと思う折に、思いもかけずその近くに温泉を発見して、汽車から下りて一、二里を車または乗合馬車《のりあいばしゃ》に揺られ、山裾《やますそ》の村に夕暮の烟《けぶり》の静かに靡《なび》いているのを見ながら、そこに今夜は静かにゆっくり湯《ゆ》に浸《した》って寝ることができると思うほど、旅の興《きょう》を惹くものはない。それがもし名山に近く、渓流またすぐれた潺湲《せんえん》を持っていて、一夜泊るつもりの計画がつい三日四日に及ぶということも偶《たま》にはあるが、そういう時には殊《こと》に嬉しい忘れ難い印象を残さずにはおかない。

山の温泉、平野の温泉、海近く湧き出している温泉、或《あるい》は潟湖《かたこ》の中に湧き出している温泉、それぞれ皆な特色があって好《よ》い。山にある温泉は概して交通が不便で、食物が乏しく、肴《さかな》などは新しいものは滅多に口に入らないが、それにはまたそれだけの準備があって、春は蕨《わらび》、秋は茸類《たけるい》、小鳥の料理も都会の人たちにはめずらしく、山畠《やまはた》に出来た大根、馬鈴薯《じゃがいも》の味も旨《うま》く、却ってそうしたものが後の話の種になった。磯部《いそべ》の湯豆腐、日光《にっこう》の湯本《ゆもと》の風呂吹大根《ふろふきだいこ》、伊香保《いかほ》の初茸《はつだけ》、草津《くさつ》の小鳥、そうした特色のあるものも決して尠《すくな》くはないのであった。

湖水に臨んだ温泉では、鰻《うなぎ》、鯉《こい》、鮒《ふな》、わかさぎ、そうしたものがいつも朝夕《ちょうせき》膳《ぜん》に上った。諏訪湖《すわこ》の岸にある温泉には、殊にそういう魚類が多い。加賀《かが》の片《かた》山津《やまつ》、伯耆《ほうき》の東郷《とうごう》、出雲《いずも》の宍道湖《しんじこ》から少し入った湯村《ゆむら》などにも、鰻の蒲焼の旨いのがある。諏訪のわかさぎを、冬行って天ぷらにでもして食うと、東京では容易に得られない酒の好下物《こうかぶつ》を得る。

ところに由《よ》っては、そう一概には言われないけれども、私の経験では、食うものの一番乏しいのは、平野の温泉場《おんせんば》だ。汽車の交通の便はあるのだから、肴でも何でも自由に入りそうなものだが、どうもやはりそうは行かない。磯部、藪塚《やぶづか》、西長岡《にしながおか》、八塩《やしお》あたりは、殊に食うものが乏しい。山のものもなければ海のものもない。野菜は沢山あるけれども、大抵平凡で、都会の人の口をよろこばせるようなものはない。

そこに行くと、物資の豊富なのは、やはり海に近い温泉場だ。別府《べっぷ》あたりは、殊にそうした感が深い。生魚《せいぎょ》はあらゆる種類のものがある。鯛、平目など殊に旨い。町々の大通を魚屋は「魚《ぎょ》、魚《ぎょ》」と言って触《ふ》れて売って歩いて行く。

東海道にある海岸の温泉では、生魚の多いのは、やはり、熱海《あたみ》、伊東《いとう》あたりだ。それに、浴客《よくかく》の退屈をまぎらすためには、舟を泛《うか》べて、綸《いと》を垂《た》れたり、網を打ったりすることができる。女子供には、山の初茸狩、蕨狩の方が適しているが、男にはこの方が興味が饒《おお》い。

伊豆《いず》の海岸では、熱海、伊東も好《い》いけれども、また伊豆山《いずさん》の千人風呂も面白くないことはないけれども、私の好みとしては、やはり湯河原《ゆがわら》が好い。渓流――と言ってもそうすぐれてはいないけれども、とにかく水の音がきこえるのが好い。それに、箱根《はこね》連山を後に帯びた形が好い。熱海も同じくこの山翠《さんすい》を帯びているが、どうも感じが湯河原ほど深くない。冬の避寒に一週日《いっしゅうび》も滞在していると、早咲の梅の花などが日当りの好い垣根に咲いていて、頰の紅い女中が赤い襷《たすき》をかけて、瀟洒《しょうしゃ》な離座敷《はなれざしき》を掃除しているさまなど、シインとして見ても絵のような気がした。

二　南伊豆の温泉

天城を越

天城《あまぎ》を越して向うにある湯ケ野《ゆがの》の温泉もちょっとカラアに富んでいる。それに、そこまで行《ゆ》く路《みち》が好《い》い。天城の谷は半《なかば》は雪で埋《うず》められているのに拘らず、南に向って駛《はし》って下る馬車は、目に立つように暖かい南国らしい色彩を次第に展開して、折れ曲る山畠《やまはた》にも、ところどころに展《ひろ》げられて来る野にも、緑の色が多い。梅なども到《いた》る処《ところ》に白くあらわれている。鳥の啼音《なくね》もいかにもゆたかにきこえる。

湯ケ野は純然たる田舎の温泉場だ。これを以《もっ》て湯河原、修善寺《しゅぜんじ》の設備にくらべてはいけない。従って無論都会の人が大きな鞄《かばん》を抱えて出かけて行くには適していない。しかし、伊豆半島の勝《しょう》をさぐる旅客《りょかく》に取っては、面白い温泉場の一つであることは争われない。他の奇《き》はないけれども、とにかく渓流らしい渓流をその前に控えて、浴舎《よくしゃ》の欄干《らんかん》から望むと、階段をなした山畠が高く丘陵の上まで綺麗に耕されている形が、いかにもラスチックでそして世離《よばな》れている。この渓流は即ち河津川《かわづがわ》の谷で、昔、例の河津三郎《かわづさぶろう》のいたところだと思うと、歴史上から見ても面白い。

そこの浴槽《よくそう》のさまを、かつて中沢弘光《なかざわひろみつ》氏が油絵にしたことがあるが、非常に濃いゴタゴタした色彩で描いていたことを記憶しているが、それは丘を越し、川を越して、午後の明るい光線がさして来るのを描こうとしたので、いかにも

して下田に行く乗合自動車が、一日三回位大仁駅から出る。

湯ケ野は天城を越して下りたところにある。

湯ケ島から五里。

湯ケ野らしい感じがよく出ていて好いと思った。色硝子《いろガラス》で三面を取巻いた浴槽、石の階段を上ってそして下りて入って行く浴槽、白色を帯びた湯の中に明るく日光が線を成してさし込んで来る浴槽、いかにも色彩が濃くて、ゴテゴテしていて、味にたとえて言うと甘いものを食ったような感じのする温泉場であった。また花にたとえて見れば、赤い桃の花の持った感じに似ていた。

そこでは私たちは硬い鶏鍋《とりなべ》か何かで、あまり旨くない昼飯《ひるめし》を食った。S君、A君、T君などと一緒だった。

それをすまして再び旅をつづけるべく戸外《おもて》に出て来ると、そこに今まで乗って天城を越して来た馬車が待っていた。橋の袂《たもと》には、大きな葉の緑の濃い野椿《のつばき》が一杯に赤い花を持っているのが見えた。「若い時分にはこうしたものを見ると、キイと頭がしまるような気がしたものですがね」などとS君は言った。それほどその椿は美しかった。

これから河津の谷へと出て行く路は、いかにも南国らしくって好《よ》かった。杉の葉の濃い緑色、階段をなした山畠、ところどころに点綴《てんてつ》されている蜜柑畑《みかんばたけ》、そこには黄《きいろ》い実が鈴生《すずなり》に熟して、谷を越して遥かに河津の人家《じんか》の白堊《はくあ》が見渡された。そこにも温泉があるのであった。

河津川に添って谷津温泉がある。汽船で霊岸島を立って行くと、その翌日の正午近くに稲取に着く。そこからいくらもない。

何でもある青年の話では、その温泉は非常に廉《やす》いということである。その青年は、伊東から天城の東の裾を越して、矢筈《やはず》の麓《ふもと》を掠めて、海山《かいさん》の勝に富んだ先原《さきはら》六里の荒涼とした野を通って、稲取《いなとり》から此処《ここ》へと出てきたそうだが、学生が書を持って行って読むのには、非常に好《い》いということであった。一日、何でも一円七、八十銭もあればいられるということだ。

河津の谷を他所《よそ》に見て、下田の方へとのぼって行く街道の海に出ようとしたあたりは殊に風景が好い。大島を見る地点としては、指を屈すべきところであると私は思った。そこからは、大島の海中に大きく浮んださまが手に取るように見えて、波が白く島の根に打寄せているさまが絵のようであった。碧い碧い美しい海だ。

三　街道に添った温泉（一）

街道《かいどう》に沿った浴舎二、三軒、小さな欄干には今しも湯から上って来たらしい客が、心地《ここち》好《よ》さそうな顔をして、濡れた手拭《てぬぐい》をそこにかけて立っていた。

「温泉場ですね。これでも」

こうS君が言った。

この温泉は河内温泉である。今では行くものもいくらかはあるだろう。

「そうかしら」

私は振返って見て、「それにしちゃ、人家が少ないじゃありませんか」

御者に訊《き》いて見たA君は、

「やはり、温泉場だとさ」

何と言う温泉だか、その時、確かにその名は聞いたのだが忘れてしまった。しかしその小さい温泉場、後《うしろ》は岩山、前は下田《しもだ》へ通ずる街道と田畠、それより他に何の見るものもない温泉場、それでいながら、ちょっと通りすぎたばかりの小さなその田舎の温泉場のさまが今だにはっきりと私の頭に印象されて残っていた。

四目《よつめ》垣《がき》、それに接して咲いている野椿の花、古びた小さな二階、ぴっしゃり閉った室の白い障子、ただそれだけであるけれども、そのあたりの静けさが、のどけさが、またさびしさが私の心を惹いた。私はそこに物語が二つも三つもかくされてあるのを思った。人知れず起ってそして人知れず消えて行くであろうと思われる物語を想像した。やる瀬ない恋の苦しみと楽しみとが小さく巴渦《うず》を巻いているさまを想像した。また、そうした恋の心の創痍《そうい》を医《いや》すためにそっとやって来ている女と男とを想像した。そこを舞台にして悲しい物語が書けるような気がした。

或は一夜尽《つ》きない涙に誘われて折重って刃《やいば》を胸に当てた男女は無いかしら？　或はせめてもこの思《おもい》だけでも書残したいと思って、一週日をその静かな室にこもったものはないかしら？　或は肺に病のある色の白い娘がさびしい心に堪えかねて、欄干に凭《よ》って、色鉛筆で手帳に歌を記しつけているものはないかしら？　そういうロマンチックなことはないかも知れない。実際はただ田舎の人たちがのんきに遊びに来るにすぎないかも知れない。しかし私にはどうしてかその小さな田舎の温泉がわすれかねた。

こうした温泉はこの他に何処《どこ》にあるであろうか。こう思って、私はあれかこれかと記憶をたどって見た。上毛《じょうもう》の鬼石《おにし》の手前にある八塩《やしお》、それから安蘇《あそ》山群の丘陵の中にある西長岡、山では多摩川の上流にある小河内《おごうち》温泉などが思い出された。松本の浅間のじき近所にある何とかいう温泉も思い出された。保福寺《ほうふくじ》峠《とうげ》の下にある田沢《たざわ》も思い出された。

西長岡の持った静けさとさびしさとがいくらかそれに似ているのであろう。しかし、地形から言い、旅舎《りょしゃ》のさまからいい、気分から言うと、よほど違っているのを私は思った。私はそのすぐ先きの蓮台寺《れんだいじ》も知っているけれども、そこを此処《ここ》にくらべると、まるで別な世界のように違っているのを覚えた。蓮台寺は賑《にぎ》やかな温泉である。また整った温泉である。所謂《いわゆる》温泉らしい温泉である。運がわるいと隣で騒いで一夜中寝ることも出来ないような目に逢う温泉である。

つづいて私は別府にある亀川《かめがわ》温泉を思い出した。しかしそれはやはり似てもつかない温泉であるが、どうしてそれが聯想《れんそう》されて来たかと言うと、それは街道に面した温泉という点で似ているのであることがわかった。亀川の印象も私には忘れかねたものの一つであった。

四　街道に添った温泉（二）

日出《ひじ》町を出た乗合馬車は、別府《べっぷ》湾《わん》に臨んだ美しい海山を前にしながら、由布《ゆふ》火山群の上に渦《うずま》きあがる夕立を聯想した雲の群に追われつつ、しかもそれに追い越されないように、御者は烈《はげ》しく馬の背に鞭を当てて全速力で走ったが、しかもその早い夕立の雲には遂《つい》に及ぶことが出来ずに、亀川へ一里というところで、ぽつぽつと大粒の雨がやって来た。

別府湾、ひろい碧い別府湾には日がまだ照っている。しかし大分附近の四極《しきょく》山《さん》からかけて佐賀の関《せき》半島には、既にその黒い雲の一部が靡《なび》きわたって、処《ところ》に

今は汽車が出来て、乗合馬車はない。

四極山は海に突出している

由っては、既に一霎《いっしょう》の驟雨《しゅうう》に襲われているのがそれと指さされた。

御者は(その時分にはまだ今の汽車は出来ていなかった)これはいよいよ駄目と見て、馬をとどめて、車台から下りて、すっかり丁寧《ていねい》に、いくら烈しい夕立が来ても大丈夫のように、馬車を桐油《とうゆ》で包んでしまった。

「やって来たかなア」

「来やすよ、えらいのが?」

雷声もすさまじく轟《とどろ》くようにあたりに鳴り渡った。

桐油で包んだので、今まで見えていた別府湾の眺めはすっかり見えなくなったが、そこから十町ほど来ると、果して凄しい夕立はやって来た。

御者は頻《しき》りに鞭を馬に加えた。とにかく亀川まで行って、そしてこの豪雨の止むのを待とうとかれは思ったのであった。しかし雨はますます強くなり出した。馬車に当る雨は、車軸をも覆《くつがえ》すばかりで、桐油の間からは、乗客が押えても押えても、飛沫《ひまつ》が霧のごとく入って来た。

雷声が電光と共に交錯して、耳も聾するばかりに鳴り轟いた。

その凄しい驟雨の中を突いて、馬車は辛うじて、亀川の町に入ったが、やがて留ったころはある温泉旅舎の前で、「えらい降《ふり》だ。ずぶぬれだ……」などと

小さな山で、何でも大友島津の古戦場である。

言って御者の車台を下りて行く気勢《けはい》がした。私は桐油の隅の方をまくってちょいちょい外の光景を見ていたが、雨はいよいよ烈しく、殆《ほとん》ど土砂降に近いほどなので、街道には滝津瀬《たきつせ》を成して水が流れ、石の尖《とが》ったのがところところにあらわれ、最早《もはや》外を歩いて行《ゆ》くものもなく、何処《どこ》の家でもこの凄しい急雨に呆気《あっけ》に取られたという風にして、立って雨滴の白珠《はくしゅ》を成して落ちるのを見ていた。

やがて、私の眼には、御者の休んでいる旅舎のゴタゴタした光景が映った。いろいろいかにも特色に富んだ浴舎である。いやに白くおしろいを塗った女たち、いろいろな肴類《さかな》の下っている店、亀川温泉——屋と禿筆《ちびふで》で書いてある看板、中でも目に附いたのは、二階の欄干のところに出て、だらしない風をして、これもやはり浴衣姿のにやけた男と並んで降《ふ》り頻《しき》る雨を見ている田舎芸妓《げいしゃ》の姿であった。そしてそれが、その一とところだけ切って離して見せたようなシインが、私に淫《みだ》らな田舎の温泉場と言うものをはっきり眼の前に見せたような気がした。いろいろな歓楽またはいろいろな染着《せんちゃく》が無限にそこに渦を巻いているような気がした。

亀川温泉は別府から汽車でも行けるし、鉄輪温泉の方からも出て来ることが出来た。今は大分よくなった。

「行《い》かれっけえ?」

「行けるよ」

こんな声がふと傍《かたわら》にきこえたので、私はひょいとその方を見ると、これもやはり田舎芸者の一人が、銀杏返《いちょうがえし》に結ったもう一人の女と、赤い腰巻《こしまき》を裾《すそ》短かにまくって、そして旅舎の屋号の書いた番傘《ばんがさ》を持って、この雨を衝《つ》いて、此方《こっち》側から向う側へ走って行こうとしつつあるのであった。

「それ、もっとまくらねえいと、駄目だぞ」

こう御者が面白半分に声をかけた。そこにいる人たちは皆笑った。乗客《じょうかく》も笑った。

雨が容易にやまないので、馬車はそこで一時間ほど待った。そこから出て別府へと行く途中では、私は大きな美しい虹の別府湾にかかるのを見た。

……ただ、街道に面したというだけで、この温泉が、下田街道の小さな温泉につれて思出されたのは面白いと私は思った。

五　湯ケ島

天城《あまぎ》の手前にある湯ケ島《ゆがしま》の温泉も私に忘れられない印象を与えた。

修善寺《しゅぜんじ》を朝立った馬車は、半ば山村半ば渓谷と言ったようなところを通って、どうかすると馬車が谷に落ちやしないかと思われるような、否《いな》、現に、ある時

大仁駅から下田行の自動車に乗れば、

はそこで落ちて乗客が大怪我をしたという記事の新聞に出ているような路《みち》を通って、次第に天城の翠微《すいび》へと近づいて行く。一時間、二時間、少くもその間まては三時間はかかる。やがてかなり美しい渓谷がその前に展開される。大きな橋はそこに掛っている。それを渡る。向う側にはいくらか地盤の高い処に木片《こけら》屋根《やね》の家屋が並んで見える。やがて小学校などが見え出して来た。

湯ケ島の谷は、その感じが何処《どこ》か箱根の堂ケ島《どうがしま》に似ている。あれほど深く穿《うが》たれてはいないが、またあれほど暗い感じはないが、街道から下に谷を見た形はいくらかそれと同じような感じを旅客に与えた。そこでは、川はまだ狩野川《かのうがわ》であるが、この少し先で、谷は二つにわかれて、一方は狩野川の谷、一方は湯ケ島川の谷を深く穿っている。雲霧《うんむ》の常に捲《ま》き起るところである。

街道からだらだらと細い路を折れ曲って下って行くと、やがてその川に架けた大きな釣橋《つりばし》があらわれて来る。向うに、樫《かし》の大きな並木が連って、その緑葉《みどりは》の間から一軒の旅舎が隠見している。

わたって行くと、橋はぐらぐらと気味わるく動いた。

その旅舎はたしか落合楼《おちあいろう》とか言ったが、なおこの他に、下流の折れ曲った向うにもう一軒湯ケ島館《ゆがしまかん》とか言われる浴舎があるが、その落合楼の楼上の一間《ひとま》は、

途中に少し右に入って吉奈温泉があり、それをなお進むと、天城の翠微近いところに湯ケ島温泉がある。

吉奈温泉は今では非常に好くなった。旅舎は豆腐屋と外一軒あるきりだが、修善寺あたりに比

影の濃淡の具合が複雑していて、旅客に静かな旅の心を味わせた。朝日は樫の緑葉を通して、さわやかな空気をあたりに漲《みなぎ》らした中に、水声《すいせい》が湧くように聞えて来た。

私たちはそこで昼飯を食うために出かけて行ったが、あまりにあたりの感じが静かで好《よ》かったので、ついそれに引寄せられて、其処《そこ》に一夜を過す気になった。

或は夏であったら、雑沓《ざっとう》していたり、浴客が多かったりして、そうした感じは味わうことは出来なかったかも知れなかった。冬であったから却《かえ》って詩趣を其処に発見することが出来たのかも知れない。しかしとにかく好い処だと私たちは思った。

惜しいことには、湯が少し温《ぬる》かった。大きな浴槽はがらんとして誰も入る客もなかったが、私たちは「どうもぬるくって為方《しかた》ない。これじゃ出られん」などと言いながら、長い間そこに浸《した》っていた。

「とろろでも食いましょうか」

こうS君は言ったが、山《やま》の薯《いも》があちこちさがしても生憎《あいにく》ないので、相変らず鶏の硬い肉を煮て食うことにした。散歩に行った途中で、今夜の我々の膳に載

べてはぐっと心安い気がした。

せる酒を、宿の娘ッ子が罎《びん》を持って村に買いに行くのに出逢ったりなどした。

私たちはそこから川の対岸を通って、下流にかかった橋のあたりまで行って見たりした。淡竹《はちく》の藪《やぶ》に夕日の影が淡くかげって、藁にょがところところに淋しそうに立っているのなども、深い山村のさまを私たちに思わせた。

夜、暗い廊下を通って、長い階段を下りて湯殿《ゆどの》に行った時には、近所の人たちが、子供だの、婆さんだの、男女だのが、昼とはちがって大勢入りに来ているのを見た。蓬《おど》ろな髪、あれた唇、皸《ひび》のきれた手などがそこにあった。子供たちは大人がいくら制しても、言うことをきかずに、ひろい浴槽の中をはっちゃけて泳いで廻った。そしてその広い浴槽の上に三分のランプがただ一つ吊してあるばかりであった。

「天城を越せや、むこうは春だ。もう梅は盛をすぎたら？　菜種《なたね》も咲いたら？　此処《ここ》はなア、冬は寒いところでなア」

こんなことを婆さんたちは言った。私たちは明日越えて行く天城の雪を想像しながら、長い間その薄暗い浴槽の中に浸《つか》っていた。

狩野川と湯ケ島川とが此処で落ち合っている。湯ケ島川の上流にちょっとした滝がある。夏は遊びに行くのに好い。

六　伊東の一夜

伊東《いとう》では玖須美《くすみ》の汽船の寄港地からずっと不揃《ふぞろ》な人家の屋根、汚い溝、ゴタゴタした子供の多い町、そういうところを七、八町も来て、そしてある旅舎に泊った。別に他の奇はなかった。心を惹くようなものもなかった。海岸の温泉場というよりも、平野の温泉場という感じに近かった。何処《どこ》か松本の浅間《あさま》温泉に似てるような気がした。無論設備は、熱海、箱根、修善寺などには及ばない。女中も気がきいていない。料理も旨《うま》いという方には行かない。ただすぐれているのは温泉だけである。

それに、一方此処《ここ》は漁市《ぎょし》なので、熱海とか箱根とか言うように、温泉場らしい気分がない。温泉場の持った淫蕩な、または何処か親しみのあるような、じっと落附いたようなそうした気分に乏しい。旅舎にただ湯があるというだけの気分がするばかりである。これは無論旅舎の所在、またはつくり、またはその扱い方によって起る気分であろうと思うが……。

私たちは散歩のついでに、大島《おおしま》の女を撮した絵葉書を五、六枚買って来た。そして彼方此方《あっちこっち》からその島の姿を、その島の根に打寄せる白い波を、三原山《みはらやま》に

熱海から伊東へ向っての汽車が出来れば、全く観を改めるに相違ない。惜しいことには震

靡く噴烟《ふんえん》を眺めながら、しかもついに海を越えて行き得《ゆえ》なかった島の風俗をその絵葉書に由って想像したり話し合ったりした。

「皆《みん》な別品《べっぴん》だね」

「真中に立ってるのなどは殊に好《い》いね」

「行《ゆ》くんだったな、惜しいことをした」

そこでA君は大きく笑った。その癖、A君は、船は嫌いで、下田から此処までやって来るのにさえ、船底に仰臥《ぎょうが》したままで、顔を蒼青《まっさお》にして、碌々《ろくろく》口もきき得なかった人であった。

「女の方が多いそうだから、大島に行くと持てるそうだ」

これはT君である。

「行きますかね、これから……」

落附き払って、真面目にS君の言うのが私たちを笑わせた。

「本当に女護《にょご》の島《しま》と言ったようなところがあると面白いね」

「実際、そこは女護の島だそうですよ。皆な女が男を食わして養って置くそうですから……本当だそうですよ」

またS君が真面目に言った。

災でやや後れることになった。

熱海から伊東への汽船……一日二、三回あるが、時間は正確でない。それは汽船までの艀がかなりに揺れる。

「一枚くれ給え」

こう私が言うと、

「どうして、どうして、これは大切なお土産だ」

A君は早速それをしまいにかかった。「やはり、女が好いと見えますね」S君は笑ってそれを見ていた。

此処で便船を待って、海のよく凪《な》ぎた日に、和船《わせん》で島に渡って行くさまなどが想像された。ここと島との距離は六、七里である。夜の十時頃に帆船を出すと明方近く波浮《はふ》の港《みなと》に着くことが出来た。Tという友達は私に話した。「伊東を出て少し来て、眠くなって寝たが、ふと目が覚めると、もう夜が微白《ほのじろ》く明けていて、今まで張って来た帆布が船一杯になって下りている。薄い霧が海の上にかかって、島の港が、ようやく夜の明けて行く港がぼかしたようになってその前に見えている。何とも言われない気がしたね。久し振りで、歌でも詠んで見ようという気になったよ」

しかし私はまだそこに渡って行く機会がなかった。度々《たびたび》思い立ちながら舟が大仁駅から伊東へ自動車もあるが、億劫《おっくう》なのでいつもやめた。従ってその世離《よばな》れた島の生活、桶を頭の上に載せて歩く女たち、美しい端麗な顔をした娘たち、三原山の上にたなびく噴烟、そうしたものを眼にすることが出来なかった。伊東を立つ時、汽船の甲板の上から見ると、やはりその島の根に白い波が颺《あが》って、港の人家がほの白くそれと指点《してん》された。

そう大して便でない。路も山路で楽ではない。

七　北伊豆の温泉

修善寺《しゅぜんじ》の温泉の位置は、私にはそう大してすぐれたものとは思われない。谷も川も山も平板である。飯坂《いいざか》よりはそれでも好《よ》いかも知れないが、箱根、伊香保乃至《ないし》草津などの山深い味わいは、とても其処《そこ》では味うことは出来ない。しかし湯の豊富なのと、泉質が胃腸に効能があるのとで、浴舎は常に客を以て満たされた。

修善寺へ行くには大仁駅から軌道で行くよりも乗合自動車の方が便利だ。

『くさめくさめくさめする日のおのが身を噂《うはさ》やすらし妻ら子供ら』こういう歌をO君はそこに廿日ほど滞在して詠《よ》んでよこしたが、長くいると、かなりに退屈するところであろうと思われる。範頼《のりより》、頼家《よりいえ》の墓があるのは、退屈した時の散歩には好《い》いけれど、一度行って見れば、そう度々行って見る気にはならないようなところである。それも勇気を鼓して、達磨《だるま》火山群にでも登って見るとか、かなりに高い峠《とうげ》を越えて、伊豆の西海岸《せいかいがん》にでも出て行って、美しい富士の晴雪《せいせつ》でも仰ぐとかするならば、また面白い興も湧いて来るであろうが、その猫の額のような谷の中に蹲踞《うずくま》っているのではあまり面白いことではないに相違ない。

それに、そこは割合に脂粉《しふん》の気に富んでいる。東京あたりから来るつれ込客も決して少くはない。従って温泉場としての気分が純という訳に行かない。しかし都会風の温泉場と言う意味では、箱根についでのハイカラで、伊香保のように田舎くさいところのないのが取柄《とりえ》である。

それに、この温泉は、東京から出かけて行くのはかなりに遠いが、それでも人のよく其処に出かけて行くには、その途中に見るものが多いのも、確かにその一原因を成していると思う。東京から其処に行く間には、相模《さがみ》の海あり、相模川河口の大島の三原山噴烟あり、箱根、足柄《あしがら》の山巒《さんらん》の絵巻あり、酒匂川《さかわがわ》の渓流あり、御殿場《ごてんば》の富士の晴雪あり、さらに三島《みしま》から伊豆鉄道に乗り換えては、昔の伊豆の国府址《こくふし》あり、頼朝《よりとも》の流謫《りゅうたく》された蛭ケ子島《ひるがこじま》あり、江川太郎左衛門《えがわたろうざえもん》の韮山《にらやま》の反射炉あり、近頃発見された長岡《ながおか》の賑やかな温泉あり、一歩一歩ふかく入って行く狩野川《かのうがわ》の渓流ありで、見るところが非常に多い。汽車の中に腰をかけていても、右顧左眄《うこさべん》、殆んど倦むところを知らないという風である。さらに、

新井にある庭はちょっと好い。

修善寺から山越して西海岸の土肥温泉に下りる路がある。この路は面白い。富士がことに美しく眺められる。徒歩里程五里。

附近に来てついでに寄って行こうという勝地も、この沿線には決して尠《すく》なくない。富士の晴雪を持った駿河《するが》の海岸へは、わけなく寄って見て行くことが出来る。牛臥《うしふせ》、我入道《がにゅうどう》の海水浴は沼津《ぬまづ》からほどとおからぬところにある。興津《おきつ》まで行けば、富士の大景が飽まで見らるるとともに、さらに清水港《しみずみなと》、三保《みほ》の松原《まつばら》、龍華寺《りゅうげじ》、江尻《えじり》から自動車で久能山《くのうざん》まで行くことも出来る。さらに健脚の人であるならば、三島から箱根の古道を登って、古関《こかん》の址《あと》をたずね、芦《あし》の湖《こ》のさかさ富士をながめ、何処《どこ》でも好きな温泉に一夜をしずかにあかすことが出来る。

それに、三島から岐《わか》れる伊豆鉄道の沿線には、何処か古い国の持ったなつかしさというような好い気分が漂って残っている。豊饒な狩野川の峡谷、韮山町のかくされた扁平な丘陵も面白ければ、今の読み方と違ったルビを振らなければちょっと読めないような地名の停車場《ていしゃじょう》のあるのもなつかしい。昔の北条時代の址に春先梅の花の白く咲いているのも、旅客の思いを惹かずには置かなかった。

伊豆長岡の停車場を下りると、乗合《のりあい》自動車などがあってすぐ旅客を長岡の温泉に伴れて行った。この間一里ぐらい、途中に狩野川が流れていて橋がかかっている。岸に淡竹《まだけ》の藪などがあって、あたりの山の感じものびやかだ。長岡の手前に古奈《こな》温泉がある。旅舎が二、三軒、さびしい温泉場だ。長岡は新しくひらけたわりに旅舎が沢山庇《ひさし》を並べている。丘と丘の中に挟まれてあるような地形が面白い。それに、海が近いので空気が修善寺あたりよりも、やわらかである。冬の温泉場として好いところである。梅なども早く咲く。ただ、惜しいことには湯の湧出量が少い。ここから二十町ほどで、トンネルをぬけると、三津《みと》の海岸に出る。つまり江《え》の浦湾《うらわん》の入り込んだところになるのである。字では三《み》津《つ》だが、三ト、三トと呼んでいる。ここから江の浦の漁村を通って、ぐるりと絶崖を廻って静浦《しずうら》に出る。この間の海は非常に好い。富士も美しい。これから牛臥、我入道を通って沼津に出る。三津《みと》から三里《みつり》には遠い。

土肥《どい》は沼津の狩野川の河口から出る汽船の度数が多くなったので、この頃は東京方面から行く浴客も大分あるようになった。女、子供には、ちょっと億劫だが、行って見れば非常に好いところだ。気候も暖かだし、温泉もすぐれているし、人気もそうわるくない。宿料《やどりょう》なども長岡修善寺あたりに比べれば、ぐっと廉《やす》い。これから伊豆の西海岸を松崎まで歩いて見るのは楽ではないが、途中富士を見るのにすぐれたところが到るところにあった。

八　箱根から伊豆海岸へ

鶯《うぐいす》と杜鵑《ほととぎす》とが頻《しき》りに鳴いた。

路《みち》は篠竹《しのだけ》だの、萱《かや》だの、薄《すすき》だのの繁った間をわけて行っている。ところに由っては、稈樹《わかき》の木立が、荊棘《いばら》が人の衣を引き留めるようなところもある。朝早く通ると、衣が露でしとどに濡れてしまう。箱根の古駅《こえき》、芦《あし》の湖畔《こはん》から鞍懸《くらがけ》の裾を通って、三里《みつり》、熱海《あたみ》へも、湯河原《ゆがわら》へも行くことが出来た。

湯河原の方へ行くには、鞍懸の裾は通って行かないが、熱海に行く方の路では、そこから美しい富士——他に多くはない美しい横面《おうめん》の富士を眺めることが出来た。ちょうど、神山《かみやま》の肩のところに重り合って見えていて、それが行くに従って、次第に大きくなって行った。それに、その高原の上からは天城《あまぎ》火山群と達磨《だるま》火山群とを手に取るように眺めることが出来た。天城の東に連った矢《や》筈山《はずやま》、その向うに碧い海をも髣髴《ほうふつ》することが出来た。

昔の本などを繙《ひもと》くと、この間の路は非常に陰鬱な不愉快なところとして記されてあるが、大きな山蛭《やまひる》がいて、それが笠の上にポタリポタリと落ちるなどと書いてあるが——実際今でも夏など通ると、樹立が深く繁って、暗いわびし

この山路は滅多に通るものはなくなったであろうが、一度は是非越えて見るように勧めたい。

い気がするにはするが、それは箱根から来て一里ほどの間で、鞍懸の裾にかかって来ると、路は山と山との脊を渡って行くようになっていて、何方《どっち》かと言えばはれやかな好い心持がする。鶯と杜鵑とがかけ合いにひっきりなしに鳴く。

その鞍懸の裾を通って、なお一里ほど行くと、例の有名な十国峠《じっこくとうげ》の勝《しょう》が来る。そこは十州七島を見ることが出来ると言って昔からきこえているところである。前は深い谷を隔てて、碧い海に初島《はつしま》の一青螺《いちせいら》の浮んでいるのを眺め、南に天城火山群の複雑した起伏を隔てて、大島の噴烟をさやかに指点することが出来た。五、六町四方ぐらいの平らなところで、旅舎の広告標などがさびしくそこに立っていた。ある時私はそこを通って、『秋風の吹く時またもたづね來《こ》んこのむらすすきわれを忘るな』こういう歌を詠んだことがあった。

ここから日金《ひかね》の寺のあるところまで十町ほど。そのすぐ下で、熱海から三島《みしま》の方へ出て行く軽井沢峠《かるいざわとうげ》のある路がわかれていて、それから、一町ごとに下まで石仏が置いてある。『日金山くだりは足にまかせつつ石の佛も數へざりけり』実際その通り、熱海の方から上って来るのは、非常に嶮しく辛いが、下りは二、三十分で、この五十町を走り下ることが出来た。

この十国峠の眺望は、熱海に入浴に来た人なぞが退屈まぎれに上って来て、それで昔から割合に世間にきこえるようになったのであろうと思うが、天城の絶頂を除いては、東海道ではこれほどひろく海山が眺められるところは先ず他にはあるまいと私は思う。そこからは、晴れた日には伊豆の七島を四つ五つまで数えることが出来た。

　熱海は日本でも二つしかない間歇泉《かんけつせん》の一である。土地は後に山を帯びて海に面しているので気候は暖かく、避寒《ひかん》には持って来いの温泉場である。公園の梅なども年内から白く咲いた。樟《くす》の大きな樹などが多い。
ただ、前にした海がやや平板であるのは惜しい。網代《あじろ》の漁村のある岬の長く海中に突出した形、初島が海中にひょっこり浮んでいる形、それから押して、ここが元は噴火口が、海中にあって、岬も初島とその外輪山《がいりんざん》の残欠《ざんけつ》したものだと言われるが、そうした形は面白いが、海としてはやや線が単純すぎるような心地がした。

　しかし小田原からわかれてここにやって来る小さな軌道は面白い。十年前までは、レイルの上を人が車を押して、そして交通の便に供したが、今では小さいなりにも汽車が出来てそうした不便はなくなった。そしてこの間に、頼朝《よりとも》の敗れた石橋山《いしばしやま》の古戦場があり、真鶴岬《まなづるみさき》の美しい眺めがあり、『いつ見てもけし

もう一つの間歇泉は陸前鬼首の吹上温泉。

丹那トンネルが出来て、この方面の汽車が東海道の幹線になるような時期が来れ

き吉濱《よしはま》よしといひてためらふほどに時はうつりぬ』の吉浜があり、湯河原の方へと入って行く門川《もんがわ》があり、関東の総鎮守《そうちんじゅ》で、その威が一時四方に振った伊豆《いず》山権現《さんごんげん》があるのであった。真鶴岬の鼻は、伊東国府津《こうづ》間を航行する汽船の甲板上から、すぐその前に見て通って行くことが出来るが、なるほど夏は海水浴としてすぐれたところであるらしく思われた。海には小さな岩石が碁石《ごいし》のように散点《さんてん》していて、新しい鍔《つば》の大きい麦稈帽《むぎわらぼう》をかぶった青年などが、岩の上に踞《きょ》して頻りに綸《いと》を垂れていた。

鞍懸の裾を通らずに、湯河原の方へ下りて行く路は、かなり行ったところまで、暗い林に深い萱原《かやはら》が生い茂っていて、いかにも深山《しんざん》らしい感じがする。山の谷に深く落ちている形も侘《わび》しい。しかしそこを通り越して、晴れやかに前に海を見渡すあたりに来ると、感じがぐっと明るくなって来る。小さな渓流が深く底に鳴っている音がきこえて、山村らしい板葺《いたぶき》の人家が一つ一つあらわれ出して来た。

ば——震災さえなければ、もう今頃はそれが完成していたかも知れない。熱海、伊東、長岡、畑毛、修善寺あたりの温泉は全く別様な賑かさを呈して来るだろう。

九　箱根の奥

箱根《はこね》の裏山の奥にある姥子《うばこ》の温泉も私には忘れかねた。

密林《みつりん》の中に深く埋れたような温泉、文化の遍《あま》ねく行きわたった賑《にぎ》やかなハイカラな箱根の山中にこうした温泉があるかと思われるような温泉、都会の人たちよりはむしろ箱根の向う側の駿河《するが》地方から峠越しに浴客《よくかく》の多くやって来るような温泉、そうした世離《よばな》れたその温泉の形が、私の旅の心を静かに落附かせた。

私は必要に応じて段々《だんだん》増築されたような浴舎を見た。また一つの卓、一つの寝台すら此処《ここ》には不似合に思われるような古い色の褪《さ》めた室を見た。湯殿《ゆどの》に通う長い廊下の途中では、田舎家らしい囲炉裏《いろり》、大きな黒猫のような鉄瓶、長く吊された自在鍵《じざいかぎ》、折りくべて燃す度《たび》に火のぱっと燃上る榾《ほだ》、広い古びた台所には家族の人たちの大勢《おおぜい》並んで飯を食っているさまを見た。恐らく今は改築されて、そうした光景は見ることが出来なくなったであろうが、私に取っては却ってそうした特色のなくなって行くのをその温泉のために惜しんだ。

今ではこの山中の温泉も非常に開けた。

湯殿は長い廊下の奥にあった。底は砂で、自然石などがあったように私は記憶している。それに、湯は温《ぬる》かった。箱根の多い温泉の中で、この湯だけが、身体《からだ》を冷す方に役立つので、従って眼病に効能《こうのう》があると言われていた。

私は入ったところの右の離座敷《はなれざしき》みたいな奥の一室に通されたが、そこからは深い密林を隔てて、芦《あし》の湖《こ》の西北の一角が碧《あお》く静かに湛《たた》えられていてその岸には赤ちゃけた裸山《はだかやま》の上に、富士が美しく聳《そび》えているのが眺められた。私は深山の奥にでも来たような気がして、じっとそれを眺め入った。

私はその日、十時頃に湯本《ゆもと》の電車を下りて、それから真直《まっすぐ》に、何処《どこ》にも寄らずにやって来た。塔《とう》の沢《さわ》の折れ曲った渓流に添って建てられた浴舎《よくしゃ》、渓流の怒《ど》号《ごう》して流れて下る上にかけられた橋、それから路は絶えず美しい早川《はやかわ》の流に添って、ところどころに白く咲いた卯の花の雪、やがて太平台《おおひらだい》から深い谷、それから宮《みや》の下《した》のとある旅舎で昼飯を食って、万年橋《まんねんばし》から底倉《そこくら》、木賀《きが》、宮城野《みやぎの》の手前で左に山に入って、新強羅《しんごうら》の大きな浴舎、それから長い林の中を穿って、そして山の上のさびしい強羅温泉に来た。そこは眺望がすぐれているのできこえていたが、生憎《あいにく》に雲霧《うんむ》が深く封して、その目的を達することが出来なかった。私はよほどそこで泊ろうかと思った。そこも静かで好《い》い温泉場だとも思った。しかしまだ、時間があるので、そこで案内者を頼んで、そして大湧谷《おおわくだに》へと行った。この間二十二、三町、路はかなりに嶮しいが、しかし、草鞋《わらじ》がけでなければ行かれないというほどのところでもなかったで、大湧谷の奇観を見て、それから閻魔ケ台《えんまがだい》に来てそこで案内者に別れた。

大湧谷の硫気孔《りゅうきこう》は、そう大して大きいとは思われない。信州の渋《しぶ》温泉の奥に

震災前までは箱根電車が出来ていてこんな面倒なことをせずにじかに強羅公園まで行くことが出来たが、今はまたもとの箱根になってしまった。しかし乗合自動車は常にあちこちを

ある地獄。または別府にある鉄輪地獄《かなわじごく》。あれなどの方がもっと活潑々地《かっぱつはっち》の趣を呈している。しかしその硫気が山の雲霧と相合《あいがっ》して、蓬々《ほうほう》としてあたりに捲きあがる光景は、また壮観でないとは言われなかった。

閻魔ケ台では私は美しい芦の湖の倒《さか》さ富士《ふじ》――芦の湯から箱根に行く間に見るものよりは数等すぐれた倒さ富士を見得たことを喜んだ。夕暮の湖は静かに澄んで、少しの波の皺《しわ》すらもなく、ちょうど捺《お》したようにはっきりとそこに倒さにその影を蘸《ひた》している富士！

その静かな温泉宿では、私は不思議な想像に耽った。江戸時代の草双紙《くさぞうし》などによくある物語、夫婦して湯治《とうじ》に半年も来ている間に、かれらの信用した番頭《ばんとう》が色恋半分、慾半分のわる企《だく》みをして、主家の財産をいつの間にか横領しようとするというような物語、そうした事が私の想像に蘇《よみがえ》った。昔はそうしたことが沢山にあったに相違なかった。そうした事実から作者はそうした物語を書いたに相違なかった。しかし、どうしてその温泉でそうした想像が起って来たか。それは私のいた室の隣に、金持らしい中年の夫婦づれがいて、家から籠飼《こか》いの鶯《うぐいす》などまで持って来て、随分長い計画で滞在しているらしかったが、その夫婦づれが終夜家のことを心配して語っていたからであった。しかし、この山の

往ったり来たりしている。電車はじき元のようになるだろう。

仙石には温泉があって旅舎が一、二軒ある。そこには宮城野から強羅の方に入らずにずっと真直に行くのである。

中の温泉の静かな気分も、私にそうした想像を起させる動機の一つとして役立ったには相違なかった。

あくる朝は、私は十二、三町を湖尻まで下って、そしてそこで船を雇《やと》って静かな朝の芦の湖を渡った。

一〇　芦の湯

芦《あし》の湯《ゆ》は夥《おびただ》しく強い硫黄泉《いおうせん》である。従って、箱根の多い温泉の中で、都会の女たちにはあまりに向かない温泉であるということが出来る。白粉《おしろい》をつけた顔をぬれた手で知らずに拭えば、顔は真黒に焼けて、ちょっとびっくりするような温泉だ。

しかし、硫黄泉は私はそう嫌いではなかった。あの匂《にお》いはいやだと言う人もあるが、女たちなどは大抵あの匂いだけで胸がむかつくような気がすると言うが、しかし、私には温泉らしくって好《い》い。いかにも効能がありそうで好い。また本当に温泉場に来たような気がする。玲瓏透徹《れいろうとうてつ》した炭酸泉《たんさんせん》も決してゆるくはないが、女などを伴《つ》れて一緒に入るには殊に好いに相違ないが、どうも私には硫黄泉の方が男性的で好い。だから、道後《どうご》、城《き》の崎《さき》などという温泉よりも、草《くさ》津《つ》の方が私の趣味に合う。

草津のあの烈しさ、またあの分量の豊富さ、いかにも温泉はこうなくてはならないような気がする。その熱度《ねつど》の烈しいのも、体《からだ》にヒリリと来て心地《ここち》が好《い》い。例の熱《ねつ》の湯《ゆ》には私はまだ入って見たことはないが、一度は是非《ぜひ》入って見たいと思っている。それから比べると、塔《とう》の沢《さわ》、湯本《ゆもと》あたりの温泉は入っていて、温泉のような気がしない。磯部《いそべ》のわかした湯よりももっと効能がないような気がして為方《しかた》がない。道後の温泉もやはり微温《なまぬ》るい感じがする。

やはり、温泉にも年齢というものがあって、盛《さか》んな温泉と衰えた温泉とがあるのだと思う。不思議な気がする。

それに、種類に由《よ》って、色々な温泉がある。信州の渋《しぶ》の温泉は何処《どこ》か渋のようにベタベタする。それからまた熱海《あたみ》は塩類泉《えんるいせん》なので、いやにチカチカと体にあつい。

芦の湯には、私は青年時代に度々行った。兄と行ったこともあれば、友達と行ったこともある。兄と行った時は、夏で、帰りは旧道を下りて帰って来た。友達と行った時は、風雪の中を熱海からやって来て、客も誰もいない二階の室に陣取って、何遍となく湯に入りに行った。

ぽっと湯気のこもった湯殿、その扉を排して、浴槽の中にザンブと身を横えて、静かに山中の雪を思う心は何とも言われなかった。一日風雪に吹虐《ふきさいな》まれて、蝙蝠傘《こうもりがさ》は折られ、手も足も凍え、青年の客気《かくき》にまかせてそうした無謀《むぼう》の山越えをしたことを後悔したことも何も彼《か》も忘れ果てて、好《い》い心持をして湯に浸《ひた》った。夏から秋にかけての賑わいなどは何処にも見ることは出来ず、宿の人たちも皆な酒と湯と女とに耽って、一種他《た》に想像することの出来ない歓楽境《かんらくきょう》をそこにつくるのであった。「だから、どうしても湯場《ゆば》の人は子供が多《おお》う御座んすよ」など或人《あるひと》は笑って私に話した。

ちょうど宿の番頭が入っていたので、

「冬はのんきで好《い》いでしょうね」

こう訊《き》くと、

「さむしくって為方がありませんや……雪が一尺も二尺もつもるんですから……」

「酒でも飲んでいるんだね、為方がないから……」

「どうしても、そうなりますね。だから、酒のつよい人が多う御座いますよ」

戸外では、雪が盛《さかん》に降って、今夜はどれだけつもるかわからないなどと人々は言った。
「路がとまるようなことはないだろうな」
「そんなことはありますまいけれど……明日《みょうにち》お帰りになるのは楽じゃありませんな。そうしたら、もっと泊っていらっしゃるさ」
「そういうわけにも行《ゆ》かない……」
しかし幸《さいわい》にあくる朝は、拭《ぬぐ》ったような好晴《こうせい》で、山々の雪の閃耀《せんよう》の美しさは、何とも譬《たと》えようがないほどであった。『玉くしけ箱根の山の朝日《あさひ》影《かげ》雪はつもれど春めきにけり』こうした歌などを口ずさみながら、私たちは早川《はやかわ》の流に沿って下った。

芦の湯の高原には、かなりに草花が多い。晩夏から秋にかけては、桔梗《ききょう》、かるかや、萩《はぎ》、女郎花《おみなえし》などが一面咲いて、その乱れ発《ひら》いた中を美しい女を載せた駕籠《かご》などが通って行く。はきなれない小さな足に結付草履《ゆいつけぞうり》をして呼吸をはずませながら、美しい若い女ののぼって行くのなどもなつかしい。芸者らしい女を載せた駕籠の上には、新しい下駄と小さな信玄袋とが途中で折った桔梗、女郎花などと一緒に結《ゆわ》いつけられてあるのなどは絵でも見るような心地がした。

芦の湯では、二子山公園がちょっとした散歩区域になっている。そこからは相模灘が見える。

駒ケ岳登山――一里程三十町ほど。かなりに嶮しい。

此頃では駕籠はすたれて、

小涌谷《こわくだに》は芦の湯に行く路を左に入ったところにある。ここはそんなに好《い》いところではなかったが、次第に開けて、今では箱根の多い湯の中では屈指のものとなった。三河屋《みかわや》など箱根中での好い旅舎であると言って差支ないものである。春は桜が美しい。

大抵なところは自動で行くようになった。

一一　早川の渓谷

宮《みや》の下《した》の賑かな通りからずっと下りて行くと、滝が淙々濺々《そうそうせんせん》として路に瀉下《しゃか》して落ちている。その傍を通って、そして私たちは堂ケ島《どうがしま》へと下りて行く。

近江屋《おうみや》の二階――すぐに川に面した、怒号坌涌《どごうふんよう》して流れて行く渓流が手に取るように見える。またはその水声《すいせい》が屋《おく》を撼《ゆる》がすようにきこえる。その二階の二間つづきの室はちょっと感じが好《よ》かった。箱根の多い浴舎の中で渓流のすぐ眼下に見えるのは、塔《とう》の沢《さわ》と此処《ここ》とであるが、湯元《ゆもと》ではもうそれが遠ざかりすぎているが、その中でもことにすぐれて影の濃淡の多いのは、やはり塔の沢よりも此方《こっち》の方がすぐれていると思う。塔の沢で見た早川《はやかわ》は、樹が多くない故《せい》か、何処《どこ》か感じが乾いている。屈曲《くっきょく》も多く、瀬も迅《はや》いのであるが、あまり浴舎が多く建ちすぎた故か、どうも膚浅《ふせん》に堕している。そこに行くと、此処は好《い》い。樹の影が多い。また向うて連っている山のスロオプが好い。旅舎があまりに多く並ばずに、樹影の中に参差《しんし》として隠見《いんけん》しているさまが好い。深く穿《うが》たれた谷の底になっている形が好い。此処にいると何処か空翠の気が体に迫って来るようなのを感ずるのである。

箱根の多い温泉には、それぞれ持った特色があるが、谷としての美、渓流としての美は一番此処がすぐれていると私は思う。底倉《そこくら》は温泉としては静かな好い温泉場である。木賀《きが》もやはり世離れているさまが好いけれど、早川の谷には余り縁が遠すぎる。底倉の万年橋《まんねんばし》あたりは好《い》いには好いが、それは渓谷の持った美と言うよりも、山巒《さんらん》に対した美という方が適当である。

（底倉、木賀あたりも今ではかなりに賑かになっている。）

私は一度、T君を近江屋の二階に訪ねたことがあった。T君は長くそこに滞留していたが、「どうもしかし長くいると倦《あ》きますよ。鼻がつかえているような気がしましてね。それに、渓流の音も、かなり耳触《みみざわ》りでないことはありません」こうT君が言ったが、長くいればなるほどそうかも知れなかった。

それから、私は早川の谷では、太平台《おおひらだい》あたりが好きだ。そこにある休茶屋《やすみちゃや》から、大な谷を越して、宮の下にある洋館を望んだ眺めは、ちょっと日本でなしに、外国にあるシインを切り離して来て、そっとそこに置いたような気がする。

恐らく、外国の旅客もそうしたところから、宮の下がその趣味に投じたのであろう。そう思うと、日光《にっこう》、軽井沢《かるいざわ》などを外国の人の好む理由もおのずから解けて来るように思われた。

太平台から塔の沢まで行く間、この間の渓谷はかなりに好い。夏は卯《う》の花《はな》が白く処々《ところどころ》に咲いて、小さな輻射谷《ふくしゃこく》の渓《たに》が雨に逢って流れあふれて、到《いた》る処《ところ》の路をこわしている。紅葉《もみじ》の候もわるくない。一体箱根の紅葉は、何方《どっち》かと言えばおそい方で、ここらあたりは、十一月の中旬頃でなければ、その盛りを見ることが出来ない。日光、軽井沢あたりに比べると、どうしても一月はおくれる。

明神《みょうじん》、明星《みょうじょう》の二つの山が綺麗な草原で蔽《おお》われているさまも、人の心を惹かずには置かない。何でも牛なども放し飼いにしている。春先そこに火をつけて草を焼く時の眺めもちょっと奇観だ。

この早川の谷とちょうど背中合《せなかあわせ》を成して、昔の箱根八里の旧道が、横《よこたわ》っていると思うと、何となく昔がこいしい。そこは須雲川《すくもがわ》の谷で、これは湯元から玉《たま》簾《だれ》の滝《たき》の方を通って入って行くのだが、この渓谷もかなりに大きく、早川の谷ほどは迫ってはいないが、前に二子《ふたご》山《やま》、駒ケ《こまが》岳《だけ》を望みながら、並木《なみき》松《まつ》の石ころ路を畠《はたけ》、須雲の方へと登って行く形は面白い。今は山に凭《よ》って、大きな水力電

石垣山か

力の工事が完成し、何万ボルトの水の圧力は、箱根電車を始め、例の国府津《こうづ》小田原間《かん》の電車の大動力となって、電気を送っているのであった。

秀吉《ひでよし》が本営を置いた石垣山《いしがきやま》が、北条《ほうじょう》の小田原城址《おだわらじょうし》と相対している形も、私に昔のことを思わせた。

らずっと向うに下りて行くことが出来た。

一二　塔の沢の春の雪(上)

ある年の四月、春雨のしとしとと降る日に、私はS君のフランスに行くのを送って、一夜を箱根の静かな温泉の中に過すべく鎌倉《かまくら》から出懸けた。

湘南《しょうなん》一帯の海近い空気は濃《こま》やかでそして静かであった。まだ桃や桜は咲かなかったけれど、草の緑は最早《もはや》深く、梅は既に盛をすぎて、到るところの垣根またはせどに白くくっきりと見えた。麦の畑の緑の濡れた上に、汽車はその白い綿のような烟《けむり》をポッポッと落して行った。

S君にK君に私に、その他にもう一人Tという青年が一緒であった。

春の雨にしては少し強すぎる雨が、汽車の窓の硝子《ガラス》を伝《つたわ》っては流れ、流れては伝った。いかにも海近い空気は濃やかで、緑葉《りょくよう》の中に赤く咲いている野椿の花は、殊にインプレッショニストの絵を私たちに思わせた。参差《しんし》とした漁師《りょうし》の家、さびしい家並の不揃《ふぞろ》な田舎町、松原のところどころに雑《まじ》る桃の林、T駅に来た時には、もう日が夕暮近い色を帯びて来ていたが、S君は、其処《そこ》に病を養いに来ている娘を思い出して、立って窓から長い間外を見ていた。「私が帰って来るまで持つかどうだかわかりませんからね」こうS君は染々《しみじみ》言った。

大磯《おおいそ》から国府津《こうづ》に来ると、蜜柑《みかん》の緑葉で満たされた谷はところどころにひらけて、海風に乱立した松が波と共に鳴っているのが手に取るように聞え出した。汽車を下りて、蝙蝠傘《こうもりがさ》をさして、そして私たちはそこに待っている湯元行きの電車に乗った。

電灯はもう来ていた。

酒匂《さかわ》まで来ても、箱根足柄《あしがら》の連山は雲に包まれて見えず、小田原《おだわら》の町は既に灯《ともしび》にかがやいて、濡れた道路が雨に光っているのがそれと見えるばかり、離愁につつまれた私たちは多く語ることもなしに、黙って電車の中に腰を下していた。

山近く、次第に冷気が加って、車掌の明けた扉からは、寒い冷《つ》めたい風が吹き込んで来た。

「山はやはり寒いですね」

今は小田原まで汽車が行くので、このあたりの交通は全く変った。

小田原駅あたりは以前とは大分変った。

こうK君は言った。

ところが、風祭《かざまつり》から早川《はやかわ》の橋を渡るあたりに来た時、

「オ、雪になりましたね」

こう闇を覗くようにしてK君は言った。

さっきから此方《こっち》は雪であったと見えて、地上は薄すらと白くなっているのが闇にもそれと見えた。

「寒いのも不思議はありませんね」

「本当ですね」

手を窓の外に出した青年に向って、S君は訊《き》いた。

「降《ふ》っていますか、まだ……」

「降っていますよ、盛《さかん》に……」

「雪とは驚いた……」

こう私も言った。

湯元から一里ほど手前の電車交叉《こうさ》所《じょ》に暫し待っている間、K君も私もちょっと車台から下に下りて見た。雪は盛に降っている。ぼた雪が電灯の柱に乱れて落ちて来るさまが明るく見えた。

国府津からも小田原からも熱海伊東方面に行く汽船が出る。毎日二回、大抵正午から一時あたりに行けば間に合うようである。小田原から熱海まで二時間くらい、海は荒れる方である。

「積《つも》る方が面白いね」

こんなことを笑いながらS君は言った。暫くすると、向うから電車が来た。やがて湯本の灯《ひ》が、降り頻る雪の中にチラチラと見え出して来た。いかにも山の温泉場である。平生《へいぜい》はそうも思わなかったが、何方《どっち》かと言えばここに入って行《ゆ》く感じは浅い方であったが、その夜は離愁に包まれた故か、それともまたゆくりなき春の雪に粧点《しょうてん》された故《せい》か、この山口《やまぐち》の湯《ゆ》を今までにないほどなつかしいと思った。旅の興《きょう》は湧くように起って来た。

一三　塔の沢の春の雪(下)

電車を下りると、路《みち》はかなりにわるくなっていた。

「君は車の方が好《い》いよ」

新しい靴、新しい洋服を着けているS君にこう私は言った。

「路がわるいな、じゃ、御免《ごめん》を蒙《こうむ》ってそうするかな。塔の沢のS屋だね?」

「そうだ……S屋だ」

其処《そこ》に寄って来た車夫とS君が談判しているのを後に、私たちは歩き出した。解けた雪汁《ゆきしる》が冷めたく私の靴にも染み通った。

雪はまだ降ってはいるが、もうさっきのように大降《おおぶり》ではなく、灯《ひ》を透かしてチラチラと降っているさまは、白い粉を軽《かろ》く捲《ま》き落《おと》したように見えた。水声は闇の中にあたりを撼《うごか》すようにして聞えた。

「雪も面白いですね」

「そうですね。しかし、この塩梅《あんばい》では、そう大降はありませんね」

「もっとつもる方が面白いんですけども」

こんな話をしながら、私たちは早川《はやかわ》にかけた橋を渡って行った。塔の沢はそこからはいくらもなかった。橋をわたって、崖の下のような暗いところを通って、ちょっとした五、六軒の人家《じんか》の家並《いえなみ》を越すと、もう其処は明るい灯と、層を成した旅舎とが静かに山の夜の空気の中に浮き出して見えた。その五、六軒の人家の前を通る時、S君の車は私たちを追い越して行った。

「今夜は感じが好いですね」

K君もやはりそう思ったらしく言った。

「そうですね、平生はそう好い処《ところ》とも思わなかったですが、やはり、心持ですね」

「フランスに行く人を送るには、ちょうどふさわしい夜ですね」

「そうですね」

で、私たちは温泉のとっつきの右側にあるS屋へと入って行った。「入らっしゃいまし」こう言って番頭も女中も出て来た。

案内された室《へや》は、渓《たに》に面した一番好い室であった。S君はまだ座に就《つ》きもせずに、廊下の硝子戸の処に立って、暗く戸外を流れる渓谷を眺めるようにしていた。

「車は遅かったね、馬鹿に？」

「何アに、あれから、車夫の先生、何か忘れ物をしたとか言って、家に行ったり何かしたもんだから」

こうS君は笑いながら言った。

その夜の清興《せいきょう》は私にはわすれられなかった。湯に浸《した》って好《い》い心持《こころもち》になってから、静かなS君の心を乱さない程度に、私たちは盃《さかずき》を口に当《あ》てたり、種々《いろいろ》な物語をしたり今朝《けさ》発《た》って来た新橋《しんばし》停車場の混雑を話したりした。渓声が私たちの話を縫《ぬ》った。

これから静かにフランスに三、四年を送ろうとするS君の征途《せいと》は、私には羨《うらやま》しかった。かつて十年ほど前に、S君と一緒に何処《どこ》かで酒を飲んで、「どうです二人一緒にフランスに行こうじゃありませんか」と言ったことがあったが、私は私の家庭の事情が許さないので、その志《こころざし》を遂《と》げることが出来ずに、S君一人出かけて行くのをこうして此処《ここ》に送って来たのが、何となくさびしさを私の胸に誘った。S君にしても、その夫人を失って、こう一人遠い異国の旅に上って行くというのはさびしいに相違なかった。あまり静かだからと言って、私とK君とが発議《ほつぎ》して座に侍《はべ》らせた芸者の三味線も私たちの心の調子には合わなかった。

あくる朝起きた時には、雪はもう雨になって、折角《せっかく》渓谷を粧点した景色も大方《おおかた》はなくなっていた。私たちは朝の酒に親しんだり、浴後の身を籐椅子に横《よこた》えたりして午後まで其処にいたが、私は昨夜から考えていた歌の漸《ようや》く出来たのをそこに紙に書いて見せた。

『山口のいて湯のさとの春雨の静かなる夜をわかれ行くかな』という歌である。その他《ほか》にも、もう一首詠《よ》んだが、それよりも此方《こっち》の方が好いと言うので、私はS君の手巾《ハンケチ》にその歌を書いた。

そして午後の三、四時頃に国府津《こうづ》に来て、そこでS君の西に行く汽車の来るのを待って別れた。

一四　湘南の春

湘南《しょうなん》の春はなつかしい。

緑の濃《こま》やかな海の潮《うしお》の香《か》のやわらかな、殊に野椿《のつばき》の紅い花と、汽車の沿線に咲いた桃の花が美しかった。春雨のしとしとと降る中に、汽車の通るのを待って、紺蛇《こんじゃ》の目《め》の傘を傾けて踏切のところに立っている女の姿も美しかった。

もうその時分には、箱根、足柄《あしがら》の連山にも雪はなく、一時は白壁《しらかべ》を塗ったように白く鮮かに見えた富士の雪も、いつか霞《かすみ》の薄い衣につつまれて、朝日に匂って、さながら茜色《あかねいろ》になって眺められた。国府津《こうづ》の蜜柑の山畠の其処此処《そこここ》に細《こま》かに入込んで穿たれてあるさまも絵のようであった。そしてこの春の光の漲《みなぎ》った海岸を、昔の五十三次の古駅《こえき》が縫った。

江の島から鎌倉、それから箱根への旅は、春から初夏にかけてが一番なつかしい。箱根はどうしても、夏よりも春の温泉場である。晩春の頃、都会の花の散った後に出かけて行くにふさわしい温泉である。山の温泉場であるから、夏も好《い》いには相違ないが、どうも雑沓《ざっとう》して困る。室《へや》という室が殆ど塞《ふさが》ってしまうようになるので困る。

山にはかなりに春の花が多い。山桜、ぼけ、岩躑躅《いわつつじ》、山吹など到《いた》る処《ところ》に咲いているのを見る。かなりに多い温泉宿の筧《かけひ》の中に、真赤な躑躅が山吹と一緒に交ぜて放り込んであるさまなど何とも言われぬ気がした。山桜が青葉の中に残って微かに匂っている向うに、鶯《うぐいす》が好《い》い声で谷わたりをしているのも旅を思わせた。

蕨《わらび》も塔の沢の上《うえ》の山《やま》、または旧道の須雲川附近、奥に行っては、強羅《ごうら》に行くあたりの草原に沢山に萌えた。滞留の退屈をまぎらすために、一日宿の女中たちと蕨狩に出かけて行くものも興味が饒《おお》い。

私は五月の初めに、妻と子供とを伴《つ》れて、一日塔の沢に行ったことがあった。新緑が何とも言われず美しかった。一体、新緑の候は、此処に限らず、何処《どこ》に行っても美しい気持の好いものであるが、東京の郊外などでもその頃が一番人に散策を誘うものであるが、山の新緑はまた格別だ。樹の種類は多いので、その色が浅くまたは濃く、その上に日が麗《うらら》かに輝いて、其処に住んでいる人たちの顔にも晴れやかなのんびりした気分が満ちわたって、心までが春の静かな平和に融けて雑《まじ》って行っているように見えた。羽織《はおり》をぬぎすてて一枚着になった女中たちの後姿すら、いかにも生々《いきいき》した色を着けた。

渓流の上に照りそう日影も美しかった。その晴れやかな光線は、とても夏や秋には見ることの出来ないもので、じっと見ていただけでも、心がそれに融《と》け込《こ》んで行った。この時分に裏山づたいをしたら、それこそのんきで好いだろうと思うけれど、私はまだそれをやったことはない。

早雲寺《そううんじ》から石垣山《いしがきやま》に出て、それから向うの熱海《あたみ》道《みち》、石橋山《いしばしやま》の古戦場あたりまで出かけて行くのも好《よ》い散歩の一つだ。そこには、蕨もある筈《はず》であるから、運が好いと、手に持ちきれぬほど折って来ることが出来るであろう。旧道を水力電気の起点あたりまで歩いて行っても面白い。旧道は今はすっかり閑却《かんきゃく》されてしまって、そこを通る人もないけれども、昔の松並木の下に松の声をきき、山のこだまに反響する木樵《きこり》の鉞《まさかり》の音を耳にし、鳥の声に心を澄ますのも決してわるくなかった。水力電気の起点まで湯元からかれこれ一里、途中には、昔の茶店のあとなどが今でもそれと指点された。二子《ふたこ》山《やま》が霞の中《うち》にぼんやり浮んで見えているさまも、水彩画《すいさいが》などによくあるシインだ。

山の温泉は春だ、春だ。

一五　伊香保（一）

ある日は私は妻の兄に当るO君と姪《めい》と三人して出かけた。O君は埼玉の野の寺に住んでいた。姪は秀子と言って、可愛い十二、三の娘で、踊や三味線などを習っていた。「藪塚《やぶづか》に行って見ようじゃないか、一夜泊りで」こう言って私たちは出かけた。

藪塚という温泉は、その以前は余り人に聞えなかった温泉場である。それにわかし湯ではあるし、そう大した設備も無論なかったので、単に地方の百姓たちの骨休めに行くところとして近所の人々に知られていたくらいのものであった。それが東武線が相生《あいおい》まで開通して以来、新聞の広告や汽車の名勝案内《めいしょうあんない》にも書かれるようになった。私は埼玉の野にO君を訪ねる度《たび》に、「藪塚って、どんなところか一度行って見たいものだね。いつか行って見ようじゃないか」こう口癖のように言っていた。それを今度実行した。

雨が生憎《あいにく》降っていたけれど、「なアに、大したことはない、春雨《はるさめ》だ。それに、午後から、晴れるよ」こう言って、下りの汽車の来るのを待って乗った。

利根川《とねがわ》は雪解《ゆきげ》の水嵩《みかさ》が多く、溶々として白い帆を三つ四つ浮ばせて流れていた。到るところ桃の盛りで、或は松原の中に、或は田舎の垣根《かきね》の外に、或は畑の中に到る処その紅《くれない》が粧点されてあるのが好《よ》かった。春の霞《かすみ》がぼんやりと天末《てんまつ》をぼかして、晴れていても、もう冬の日に見るような鮮やかな美しい山の雪の閃耀《きらめき》を目にすることは出来なかった。況《いわ》んや今日の雨に於てをやである。館林《たてばやし》、足利《あしかが》もいつか過ぎて、太田《おおた》の金山《かなやま》の華表《とりい》が段々見え出して来た。

太田から先は初めての旅なので、私にはめずらしく感じられた。ここらが新《にっ》田《た》義貞《よしさだ》が義兵を挙げた笠懸野《かさがけの》の一部であるということもなつかしく、治良右門《じろうもん》橋《ばし》などという汽車の停車場のあるものもめずらしく、低い丘陵が平野と山巒《さんらん》との交錯線を示しているのも面白く、林があり、桑畑があり、また雨にしとどにぬれた草原があり、さびしく丘の上に立った松のあるのも面白かった。O君は昔此処《ここ》を歩いた時の話などを何彼としてきかせた。

やがて藪塚駅に着いた。

新しく出来た小さな停車場である。そこでは何も彼《か》も新しく、助役や改札の服も帽子も新しく、停車場前には、まだ一軒の休茶屋も出来ていなかった。それでも幸にして車はあったので、晴れた日なら歩いて行ってもわけはないという十町ほどの距離を私たちは乗って行った。

楢《なら》の林を一つ通り越すと、もうそこの人家《じんか》の低く並んださまが丘にくっつくようになってあらわれて来た。

館林には躑躅の名所花山がある。例のお伽話で有名な分福茶釜は川俣駅で下車すれば二十町ほど。

太田には呑龍上人の大光院がいつも賑かである。一汽車おくらせれば十分に行ってお詣が小間物屋《こまものや》、飲食店、なるほど温泉場らしいと思っていると、車夫はやがて私たちをある農家らしい家の大きな門の前に下した。

入って見ると、全く純乎《じゅんこ》とした農家である。台所の処《ところ》には、大勢家族らしい人が集っていたが、「お客様だぞ」と言って奥に向って呼んだ。ちょうど三月の雛《ひな》の節句《せっく》で、古い雛が、とても旧家でなければ見ることの出来ない雛が一杯に雛段に並べてあったが、それだけでもこの温泉宿のどういう家であるかが私にわかった。やがて奥から女中が出て来て、そして私たちを奥の二階の隅の室《へや》へと案内した。登って行く二階の階梯はギシギシ軋《きし》った。

「面白いところだね」

室に入ると私はすぐこうO君に言った。

そこにあるブリキのトタンの長火鉢《ながひばち》、汚ない餉台《ちゃぶだい》、古びた天井、床の間にかけられた幅物《ふくもの》、それだけ見ただけでも、長く田舎の百姓相手の温泉場であったことが知れた。それに、段々きくと、すべて木賃《きちん》の制度で、寝道具《ねどうぐ》だけを貸して、食事はすべて前の料理店でするということであった。

「ははア、面白いな」

こう私は再び言った。別府《べっぷ》または道後《どうご》のような大きな貴族的の温泉に比べて

して来られる。

金山には新田義貞の故城址。

こうした温泉のあるのも興味が深いと私は思った。一日の泊賃《とまりちん》が寝道具を合せて十銭に足りないような温泉場もまた面白いではないか。

雨は静かに田舎の藁葺《わらぶき》の屋根に音もなく降った。女中が出入《ではい》りする度に障子《しょうじ》の向うに見えているのは、疎《まば》らな淡竹《まだけ》の藪で、それをすかして、桃の花と野椿との赤く咲いているのが見えた。庇《ひさし》の下では、鶏《にわとり》が雨にぬれながら餌《え》を啄《ついば》んでいた。私は少年時代に読んだワシントン、アルヴィングの『スタァト、ゼントルマン』という小品を思い出した。

風呂に入りに行った私はまた驚いた。こうした汚い温泉が何処《どこ》にあるであろうか。私の家にある風呂を少し大きくしたぐらいの浴槽《ゆぶね》に、それも湯でも多くあることか、入って漸《ようや》く肩がかくれるかどうかと思われるくらい、その上、浴客が三人も四人も押寄せて来ていて、ゆっくり入ってもいられないという光景である。

「えらい温泉だな」

こう言い言い私は出て来た。

しかし、この温泉は非常に効能があるということであった。神経痛などには殊に奇妙にきくそうである。こうした湯なのに拘らず、浴客の常に集って来る

今は非常に高くなった。どんな室も七、八十銭はするようである。

のはそのためであるそうである。またその湯の少ないのは、その湧出量《ゆうしゅつりょう》が乏《とぼ》しいからで、ぽたぽた滴《したた》るように出るのを辛うじて集めて、そして一日の用に供するということである。従って昔から此家《ここ》一軒でやっていて、湯治以外には眼もふれないように、だるまや酌婦《しゃくふ》などの入って来るのも禁じてあるということである。いよいよ面白い温泉場ではないか。

「そうだね、効くかも知れないよ。温《あっ》たまるね」

こんなことをO君は言った。

此方《こっち》の高窓の障子をあけると、丘と丘との間の平地が人家で取巻れて、その中央が公園のような娯楽の場所になっているのを私は見た。ベンチ、ブランコ、ちょっとした栽込《うえこみ》、その真中には、大きな糸桜《いとざくら》があって、八分通り開いた花に春雨が静かに降った。その頃流行った奈良丸《ならまる》くずしか何かをやっている蓄音機《ちくおんき》の音が何処からともなくきこえて来た。

一六　姪の舞踊

昼飯は果してその料理屋の目っかちの脊の高い男が、ドシドシ家中《うちじゅう》動くような音をさせて運んで来た。豆腐鍋、鰤《ぶり》の煮附《につけ》、甘煮《うまに》、鳥鍋、刺身、何でも出来るとその男は言った。

私たちは却ってこうしたことを興あることにして、長火鉢にさし向いになって静かに酒を酌んだ。春の雨の日の興が私たちを楽ませた。

この宿には、女中は二人か三人くらいしかいなかった。かれらは決して客の食事の世話はせず、ただ、湯と、火と、寝道具と、その世話をするばかりだ。しかも姪が踊が出来るというので、段々懇意《こんい》になって、夕暮の酒の時には、奥から三味線を持って来て、そして『夕暮』などを弾いた。姪の得意になって踊って見せるのも可愛かった。

姪はまだ十分に抱えきれない三味線を膝の上にして、今習っている越後獅子《えちごじし》の『松の葉のよにこん細やかに――』というところを弾いた。

こうした旅も興があるではないか。それは世間には、どんな歓楽もある。どんな貴族的な温泉旅行もある。女を伴《つ》れての旅も面白い。またその土地の芸妓《げいしゃ》の三味線を酒の相手にするのもわるくない。しかし、友が莫逆《ばくぎゃく》の友《とも》であり、その友の娘でそして自分の姪である可愛い子が踊り、不仕合に生れついたがためにこうした女中になってそこから此処《ここ》へと漂泊して歩く婢《おんな》が三味線を弾くということも、また得難い面白い旅の興ではないか。それに外には春雨がしとどに降り、糸桜の花の雨にぬれて泣いているような春である。そうした汚ない百姓たちの温泉もまた趣を添えて来るのを覚えるではないか。

しかし、此処はこうした汚い温泉であるけれども、後で、私は、ここと丘一つ隔てて、やはりこれと同じ泉質の西長岡《にしながおか》の温泉のあるのを発見した。そこは、湯の効能から言うと、とてもここの半分もきかないそうであるけれども、浴舎も大きく新しく、浴槽も東京の場末《ばすえ》の銭湯くらいの広さはあって、とにかく、都会の人の一夜行って静かに泊って来るのに適しているのを私は見た。何でもそこの主人は、非常に骨を折って、湯の湧出場所を発見したのだということだ。

「藪塚は汚なくってとても駄目だが、西長岡なら、我慢が出来るよ。ちょっと面白いところだ」

こう私は後に度々《たびたび》人に勧めた。

あくる日は雨が晴れたので、私たちはその公園の上の丘の上にある寺などを訪ねた。そこは無住《むじゅう》で、他に見るものとてもなかったけれども、そこから眺めた丘陵と平野の交錯は、いかにもラスチックな感を私たちに与えた。田舎としても長く交通機関に遠ざかっただけに、穏かな、静かな気風で、人情も敦厚《とんこう》であるのを私は見た。

田の畔に萌えたよもぎ、なず菜、畑の中に咲きすぎて一本立っている桃の花、そろそろ芽を出し始めた雑木林《ぞうきばやし》、麗《うらら》かに照る春の日影、私たちは帰りはその田圃《たんぼ》の中を歩いて静かに停車場の方へと来た。

一七　西長岡の湯

その西長岡《にしながおか》の温泉に初めて私の出かけて行ったのは、そのあくる年の二月のまだ寒い頃であった。

平野をめぐる山の雪、それは眩《まば》ゆいほど日に光って、金属でも見るように美しかったけれど、生憎《あいにく》西風の烈《はげ》しく吹く日で、幌《ほろ》をしない車の上は手足もちぢかむほどに寒かった。停車場を出て、藪塚《やぶつか》へ行く方面とは反対の方に車は走って行ったが、やがてさびしく半鐘台《はんしょうだい》の立っている冬眠を貪《むさぼ》っているような小さな駅を通り越して、それから左に折れて、田圃の中から、楢《なら》の葉のガサコソと風に動く林の中へと入って行った。林をだらだらと下ったところには、小さな池の半ば氷ったのが日に輝いて見えた。

位置としても、藪塚よりも深く丘陵の中にかくされたようになっていて、一歩一歩入って行《ゆ》く心持が好かった。此方《こっち》の丘と向うの丘の間には平野が細長く挟《はさま》っていて、そこからまた向うの丘に越す路のうねうねと折れ曲っているのも指さされた。やがて段々人家があらわれて来た。

此処《ここ》もやはり旅舎は一軒しかない。入口にもう一軒あるが、これも実はその家で経営していて、浴客は皆なそこに入りに行くのであった。開けかたが新しいので、人家のさまや、料理屋のある形は、藪塚に比してさびしいが、奥にある三階づくりの日当《ひあたり》の好《い》い旅舎は、旅客に居《い》心地《ごこち》の好いのを思わせるに十分であった。

蓄音機がやはりひとりで動いて鳴っているのが聞えた。

私は新しく建てられた三階の階段を上ってとっつきの室《へや》へと案内された。そこまで来るのに、私は随分長い廊下を通って来なければならなかった。その頃はちょうど客のない頃で、室という室は大抵明いていたまに一人二人の客がいる室の前の欄干《らんかん》に新しい手拭がかけてあるばかりであったが、この多い室を見ただけでも、夏などは随分客がやって来るであろうと想像された。

一面に南に面して日を受けているので、明るすぎるくらい室が明るかったが、それでも温泉場らしい暖かさがあたりに漲《みなぎ》っているのが好かった。裏には丸窓が小さくついていて、そこからは冬の丘のさびしいさまが、枯薄《かれすすき》や楢の林の並んでいるさまが、額縁の中の絵のように見えた。

年を取った女中が宿料《しゅくりょう》のことなどをきめに来て、今度は寝道具《ねどうぐ》を運んで来た。

浴槽は普通であった。広さもかなりに広い。ただ、この附近が上州石《じょうしゅういし》の主産地であるので、流しをその石で張ったために、何となくいやな、汚ないような気がした。それに、光線の取りようが不十分なので、陰気なのが惜しい。

しかし、湯の量は藪塚のようなことはなかった。普通、東京の銭湯の少し浅いくらいのものである。私の経験したところでは、この湯も胃腸にはかなりによくきくようであった。磯部《いそべ》と比べて、何方《どっち》かと言えば、それは磯部の方が好いけれども、その世離《よばな》れたさまが、静かに都会の喧《かまびす》しさから離れている形が、逗留客《とうりゅうきゃく》を落附かせた。

湯から出て来て、私は餉台《ちゃぶだい》の上に原稿紙をひろげて、明日までに郵筒《ゆうとう》に附さなければならない原稿を書いた。いかにも静かである。蓄音機の音より他《ほか》何の音もきこえて来ない。それにあまりに暖いので、火がすっかり灰になってしまうのも知らずにいるくらいであった。後には私は小春日和《こはるびより》の頃にするように、日の当る縁側に寝転んで、好《い》い心持でうとうとした。

ふと目が覚めた時には、もう日影は欄干の外に落ちて、向うのなだらかな丘

この温泉を私はいろいろな人に紹介したが、気に入るものもあれば、気に入らないものもあった。所謂温泉客にはちょっと向かないようである。

の上の松が黒くくっきりと夕《ゆうべ》近い空気の中に浮き出していた。平野はやはり西風が強く吹いているらしく、この山ふところまではやって来ないけれど、それでも林の梢《こずえ》のざわついているのでそれが知れた。私はじっと靡《なび》き伏した丘の上の松を見詰めた。

ふと母屋《おもや》の方の鉦《かね》の音《ね》のしているのが耳に入った。「ははア、四十九日の仏事を営んでいるな」さっき女中が話して行った先代の主人——この湯の湧出所をほり当てて、ここをこれだけの温泉場にした主人の四十九日目に今日が当っていると言ったことが思い出された。私はふと散歩して見る気になって出かけた。

外に出るとかなりの風がある。かなりに寒い。地上の日かげには、五、六日前に降った雪などがまだ残っている。私は鉦の音のする方へと引寄せられて行ったが、そこはかなり立派なつくりで、高い塀の上からは庭の栽込《うえこみ》などが見えた。山茶花《さざんか》が白く赤く咲いているのもなつかしかった。

鉦の音は静かにきこえた。

私の心はいよいよ静かになった。私は歩を旋《めぐ》らして、今度はその塀に添った阪路《さかみち》を丘の上の林の方へと登って行った。不断《ふだん》は開《あ》けない小さな門などがあっ

しかし、あちこちの温泉にも飽きて、何処か変ったところがないかというような人には、面白いところであるかも知れない。

春の四月五月頃に行くと、

た。なお進むと、やがて塀は尽きて、菜畑だの物置らしい小屋だのがあらわれ出して来た。小屋には薪《まき》だの炭《すみ》だのを沢山につんであったが、その入口には、夕日が明るく当って鶏が餌を啄《ついば》んでいるのが見えた。

奥の山で蕨が取れる。

林に入ると、少し行ったところに、先祖歴代の墓塋《ぼけい》があった。

私は不思議な気がした。四十九日前に死んで行った主人のことなどが脈々として思い出されて来た。一生を努力と艱難《かんなん》の中《うち》にすごして、とにかくこれまでにして死んで行った人は祝福するに値いすると思った。と、碧い夕暮の空に細く黄《きいろ》く風に横折れて靡いている烟突《えんとつ》なども私に深く「詩」を思わせた。私は明るい夕日に対して立った。

『野の道』という作はそうしたところから書く気になったのであった。

そればかりではない、この西長岡のさびしい温泉場は、思索の地として――ある思想に深い接触を始めた最初の地として、私のために、どれほど役立ったか知れなかった。私は其処《そこ》で始めて「無窮《むきゅう》」ということに触れた。三千年前にも私が生きており、三千年後にも私がやはり生きているということを私は其処で考えた。非常に「重荷」であった「時」というものに対する解脱《げだつ》の第一歩を私はその静かな三階の一間で得た。

ここの湯は朝の七時に開いて夕の七時に閉めるのがつねであった。そしてこの時刻をいつも拍子木《ひょうしぎ》で知らせるのであるが、拍子木が鳴った後、私は女中に訊いた。

「もう駄目かね、湯は？」

「村の人が大勢入りに来たかも知れませんけれど、まだ入れますよ」

で、私は手拭を持って出かけた。果して村の人たちは既に大勢つめかけて来ていた。かれらは毎夜拍子木の鳴るのを合図《あいず》に、こうして湯に浸かりに来るのであった。男も女も、上さんも、亭主も、娘も、子守も誰れも彼も皆な一緒に混雑《ごたくさ》と入った。とても湯ケ島の浴槽で見たようなものではなかった。赤児の啼声がする。上さんの怒鳴《どな》る声がする。若者の義太夫を唸《うな》る声がする。とてもゆっくり入っていることが出来ないので、私はそこそこにして出て来た。入口に脱《ぬ》いで丸めた女や男の着物を幾つも幾つも踏み越えて……。

一八　磯部温泉

磯部《いそべ》はやはり平野の中の鉱泉である。しかし昔かつて人口に膾炙《かいしゃ》したことがあるのと、交通の便が早くから開けていたのと、附近の妙義《みょうぎ》の奇勝《きしょう》があるのと

磯部温泉は胃腸には非常に

で、都会からも人がよく出かけて行った。設備もかなりに行届いていて、藪塚《やぶつか》
好いようである。
や、西長岡に比べると、ぐっと開けている。

しかし位置としては、藪塚、西長岡よりも平凡である。丘もそう近くなく、妙義の嶙峋《りんじゅん》も旅舎の欄干からは見えず、碓氷川《うすいがわ》の潺湲《せんえん》が微かにその近くにきこえているけれども、それとて、浅露《せんろ》で、膚浅《ふせん》で、人の目を惹くようなところはなかった。ただ蕭条《しょうじょう》とした感じを味《あじわ》おうとする旅客、静かに一週日をすごそうとする旅客、または世離れて物でも考えようとする旅客に取っては、碓氷川の見える、またその微かな潺湲のきこえる、奥まった三景楼《さんけいろう》の一間などは適しているかも知れないけれど……。

しかし汽車を下りて、停車場から桜の大樹の並べて栽えてある間を通って、郵便局の角からだらだらと町へ下りて行く感じはいかにも温泉場らしくって好かった、並んだ店屋、小料理屋、名物の磯部煎餅《せんべい》をひさぐ店、そういうものが混雑《ごたくさ》とそこに巴渦《うず》を巻いて、そしてここでは一番大きいという鳳来館《ほうらいかん》の三階に突当った。

湯は、胃腸にはかなりによくきいた。或は修善寺《しゅぜんじ》よりも好《よ》いかも知れないと思われるほどであった。しかし、浴槽はそう大した綺麗ではなかった。

この温泉の附近には、見るべきものはあまりない。強いて求むれば、東の方十二、三町を隔てて、佐々木高綱《ささきたかつな》の城址、赤穂《あこう》の大野九郎兵衛《おおのくろべえ》がその残年を寺子屋師匠として送って、そして死んで行った墓などがあるが、これとてわざわざ行って見るほどのものではなかった。しかし、此処《ここ》に根拠地を据えて、妙義あたりまで出かけて行って見ればかなりに興がある。ここから妙義まで三里、爪先上《つまさきあが》りで、車は駛《はし》るということは出来ない路だが、正面の浅間の噴烟、右に角落《つのおち》火山群、左に妙義の嶙峋《りんじゅん》からかけて、Alte Schlosse のような荒船《あらふね》火山群を望む形は、日本にも余り沢山はない山の偉観である。蕪村《ぶそん》の句に『山を去る三里眉毛《まゆげ》に秋の風寒し』というのがあるが、この附近で詠んだものであるということは誰にもわかった。

大野九郎兵衛の墓二十町ほどはちょっと面白い。

それから磯部、安中《あんなか》の南に面して起伏している丘陵がある。ちょっと面白い、残雪などの粧点された時には絵を見るような感じを起させる丘陵だが、この丘陵の中を通って、高崎《たかさき》へと出て行く間道《かんどう》がある。これは中山通《なかやまどお》りと呼ばれているが、そこは中仙道《なかせんどう》のある位置よりも一段高く、且つ地形が複雑しているので、山を眺めるには何とも言われない趣味がある。野殿《のどの》あたりの丘陵の西に尽きようとする一角に立って眺めると、下仁田《しもにた》の谷は深く穿《うが》たれ、荒船の城壁は手に取るように見え、雲煙《うんえん》常に坌涌《ふんよう》して、人をして佇立顧望《ちょりつこぼう》去るに忍びないような思に打たれしめずには置かない。

妙義はしかしわざわざ登攀《とうはん》して見るよりも、遠くから眺めるのに適した山である。日本でもあのくらい浸蝕作用の働いた山は、あまり沢山はない。惜しいことには、美しい渓流を持っていない。それに、山も浅いので、雲煙の奇をも多く見ることが出来ない。

それに、磯部はそれだけを目的にして出かけて行く温泉場でない。碓氷の紅葉でもたずねて、そして帰りに寄って見れば見るというような温泉場だ。

一九　伊香保(二)

伊香保《いかほ》は東京附近では、箱根についで、好《い》い温泉場だ。期節《きせつ》で一番好いのはやはり春だが、秋もまたわるくない。冬は寒いけれども、行って静かな温泉に浴し、炬燵板《こたついた》に凭《よ》りながら、窓を開いて山の雪に対するの詩趣もまた捨て難い。

夏はしかし流行する温泉だけあって、夥《おびただ》しく雑沓《ざっとう》する。室《へや》なども多くはふさがっていて、謝絶されるようなことはよくある。夏出かけて行った人で、伊香保を好く言う人は余り沢山はない。

しかし、避暑地としてはすぐれた位置を持っているにはいるのである。蚊はまア大抵はいないと言っても好いし、鶯《うぐいす》も子規《ほととぎす》もかけ合いで鳴くし、寒暖計は八十度以上には登らないし、山の中の感じという点も多分にあるし、日光の空《くう》翠《すい》、箱根の瀟洒《しょうしゃ》に比べては、いくらか落ちるけれど、決して好避暑地でないことはない。ただ、惜しいのは雑沓だ。いくら好い避暑地で、お誂《あつら》え通り、温泉があったにしても、ゴタゴタと入込みの知らない客と一緒に一室に入れられるのではうんざりしてしまう。

だから、箱根にしても、伊香保にしても、乃至《ないし》は日光にしても、やはり、あまり浴客の雑沓しない時を選んで行くようにしなければならない。それにはやはり春が好い。都の花の散った頃に出かけて行くが好い。

伊香保へ行く途中で見るに値いするものは左に連る秩父《ちちぶ》山塊、それからつづいて鬼石《おにし》の渓流をその中に蔵した神流《かんな》川《かわ》の上流、赤城《あかぎ》の晴雪、それから少し進んで、いつも大抵は焦茶色をしてあらわれている榛名《はるな》火山群、前橋《まえばし》公園あたりで見る利根《とね》の上流、高原に位置した渋川《しぶかわ》町の空翠ぐらいなものであるが、なおその外に細く探って見るところは沢山にあろう。春ならば、熊谷堤《くまがいつつみ》の桜、蓮《れん》生坊直実《しょうぼうなおざね》の故郷をその寺にたずねるのも興味があろう。岡部六弥太《おかべろくやた》の故郷を

今は汽車が沼田まで出来て、伊香保までの通し切符を上野で売る。東京から

見るのも面白かろう。鬼石の渓流を見て、帰りに八塩《やしお》の鉱泉に一夜泊るのも旅の興が饒《おお》いであろう。高崎《たかさき》の町は俗悪だけれども、ちょっと下りて、公園あたりを一廻りして来るのも満更つまらなくはないだろう。前橋の公園から利根川を隔てて榛名火山群を見るのも面白いだろう。殊に、前橋から出る方の電車は、高崎から出る電車に比べて、山に離れて山を見るという形になっているので感じがひろびろとして好い。そして帰りには、ずっと帰るのが惜しいなら、両毛《りょうもう》線《せん》で伊勢崎《いせざき》まで来て東武線《とうぶせん》に頼って帰って来るのも興味が饒いであろうと思う。

汽車電車を通して五時間。

温泉としては設備は、伊香保はかなりにすぐれている。勿論、箱根あたり、修善寺あたりに比べてはぐっと落ちるけれど、海の遠い山の温泉場としては、先ず設備が行き届いている方だ。食う物は先ずある方だし、娯楽の機関なども揃っている。それに、内々《ないない》は競争はあるにしても、外部は各旅舎ともあまりやれこれ言って客を引かない。なるだけ共同して営業を営むという風になっている。芸者などもいるにはいるけれど、何方《どっち》かと言えば、堅い温泉場だ。

しかし、山と言っては、あまり深い方ではない。従って雲霧《うんむ》の坌涌とか、渓流の怒号《どごう》とか言ったような烈しい気分には乏しい。言わば山としては中ぶらりんである。山の温泉でそれで女性に親しみを持っているのもそのためであろう。

二〇　伊香保へ行く道

電車の今通っている南の方を昔は浴客は皆歩いて行った。この間は、赤城連《あかぎれん》峰《ぽう》を眺める地点として殊に昔からきこえたところで、平沢元愷《ひらさわげんがい》の『漫遊文草《まんゆうぶんそう》』にもここらのことが詳しく書いてあった。それに、元愷の門人がこの途中の村に豪農として栄えていたので、元愷自身も度々其処《そこ》にやって来たらしかった。

途中にある御蔭茶屋《みかげのちゃや》は、英照皇太后《えいしょうこうたいごう》のかつて休憩せられたところで、万里小《までのこう》路《じ》卿《きょう》の歌が石に刻《えり》つけられてあるが、そこは松が多く、緑が濃かに、風雅な休《やすみ》茶屋《ちゃや》などがあって、夏は涼しいところであった。ここから何とかいう渓橋を渡って、菓樹園などをやっている人の住んでいる村を通って、淡竹《まだけ》の多い、山の影の蓋《ふた》をするように蔽《おお》って来る谷合《たにあい》を通って、それから段々登って行くのであるが、今は電車がこの間を大きな屈曲《カアブ》をいくつか描いて、時には右の窓に、時には左の窓に赤城の翠微《すいび》を指しながら、凄しい音を立てて、緩かにその急勾配を登って行くのであった。春はところどころに桃の花が咲き、躑躅《つつじ》が咲き、鶯の声などがして、絵のようなシインを到る処に展いた。竹藪に春の日影の淡くさしたのもなつかしかった。

この路は天気の好い時には一度歩いて見る方が好い。赤城を顧みつつ上って行く感じは今だに忘れられない。

松は枯れた。

たしか渋川《しぶかわ》から伊香保《いかほ》まで行く間に、停留場が二、三箇所あったと思う。御蔭の茶屋もその一つである。また伊香保に近く、船尾《ふにゅう》と言ったか、水沢《みずさわ》と言ったか、それはちょっと忘れたが、一つの停留場がある。そこからはかなりに大きい船尾滝《ふにゅうのたき》を一里ほどで行って見ることが出来た。二百年以前この渋川からの路の出来ない前には、そこから水沢の観音堂《かんのんどう》へ出て、箕輪《みのわ》の方へ出て行くのが本道であったそうで、宗祇《そうぎ》も、尭恵《ぎょうえ》も皆なその道を通って、この温泉にやって来たということであった。なるほどそれもその筈だ。その時分には、箕輪に上《うえ》杉《すぎ》がいて、そこが高崎、前橋よりももっと栄えた聚落《しゅうらく》になっていたのであるから……。尭恵などは、此処《ここ》からその箕輪の陣営に長尾某《ながおぼう》を訪ねて一夜俳諧《はいかい》を興行したことをその紀行に書いている。

この停留場も今になくなった。

旧い歴史を持った温泉としては、此処などは日本でも指に屈せられるべきものの一つだ。万葉集にこの土地を詠じた歌の残っているので推して見ても、その時代にも、やはりこの温泉があって、人が多く集って来たかも知れなかった。少くとも、伊香保と言うところは、その時分から人の大勢集って来たところであることは知れた。そしてその地形から推して、そうした山の中に聚落があったということは、歌の上にでも湯《ゆ》という字があらわれていなくとも、温泉か何か人の大勢集るところがあったに相違ないということが考えられる。もし果して万葉時代からそうであったとすれば、この温泉は道後《どうご》、有馬《ありま》などとその古きを争う歴史的の温泉場の一つであるということが言えた。

それから、宗祇や、尭恵が来た頃には、湯の位置は今のところにあったのでなく、今日湯元《ゆもと》と言って人がよく遊びに行くそこの山合《やまあい》のところに、家屋を架し、浴槽をつくって、そして集って入浴したのだということであった。今の温泉場は徳川幕府時代になってから出来た。

それに、伊香保に現存している古い文書や記録の中には、源平時代に、此処の民《たみ》で、そして従軍して、京都乃至《ないし》西国まで行って、感状《かんじょう》を貰ったものが一、三残っていた。これなども、伊香保の昔を思うのに好材料の一つである。

それから、維新前には、今の大きな旅舎の通りに面した処に、遊廓《ゆうかく》が沢山並んでいて、遊女が客の座敷にも平気でやって来たということであった。それは明治の初年から廃娼論《はいしょうろん》の起る頃までつづいたが、それからはすっかり跡《あと》を絶《た》ってしまった。しかしどうも温泉場であるから、そうした公娼はなくなっても、中央政府の官吏などは、暑中休暇を利用して、妾《めかけ》乃至女などをつれて、此処にやって来たものは尠《すくな》くはなかったらしく、『伊香保志』を繙《ひもと》いて見ると、詩や

伊香保は先年焼けたために、家のつくりなどは大変にわるくなった。

歌に、そうしたことが歴々と詠ぜられてあるのを私は発見した。今でも一目見てすぐそれとわかる大きな丸髷《まるまげ》などの艶な光景に私は到る処で邂逅した。

二一　榛名へ

蕨狩《わらびかり》、茸狩《たけがり》、そうした楽みは十分に此処《ここ》にあった。蕨は少し山に入れば何処《どこ》でも手に余るほど取れた。初茸《はったけ》は昔は沢山なかったのであるが、近年松の殖林を渋川道《しぶかわみち》の附近に実行したので、それが大きくなって、今ちょうど初茸の出頃で九月の末から十月の初めにかけては、女子供でもちょっと行って笊《ざる》に満つるほど取って来た。

春の駒鳥《こまどり》は日光の方が多いが、此処でもかなりにきかれた。銀の鈴を張ったような声が林を透《とお》してきこえる時分は、山は何とも言われない。それから春《はる》霞《がすみ》のぼかしのよう棚引《たなび》いた奥に、吾妻郡《あがつまぐん》の山の雪が日に日に消えて少くなって行く眺めもわるくない。渓流が少いから、とても箱根のような新緑は見ることが出来ないけれど、それでも眺めがひろく、感じがのびのびしているのは此処の取柄《とりえ》である。それに家ごとに三階の高い欄干を持っていて、そこから遠く山巒を見渡すという形は、此処でなくては味われない。

何でも上越線が出来て、沼田以北の温泉が世に浮び上ると、ここらは、大分影響を蒙ってさびしくなるだろうとのことである。

鳥の種類としては、鶯《うぐいす》、杜鵑《ほととぎす》が有名であるが、慈悲心鳥《じひしんちょう》なども少しはいる。それに、ここは温泉場としては、割合に散歩区域が多い。湯元に行く谷に添った路、物聞山《ものききやま》へ登って行く林の中の路、少し遠くても、船尾《ふにゅう》の滝《たき》へでも行けば、半日の清興は楽に得ることが出来た。更に遠く、榛名山《はるなさん》へでも登って行けば、一層面白い旅の興を得ることが出来た。

二《ふた》つ嶽《だけ》の麓《ふもと》にある蒸湯《むしゆ》も、今は昔のようではないが、一夜行って泊って来て見ても満更《まんざら》後悔はしない。その他、相馬《そうま》ケ嶽《たけ》の東南麓《とうなんろく》にガラメキという小さな温泉がある。旅舎は一軒か二軒しかないけれども、また世離れたところがあって行って見て面白い。

榛名は上毛《じょうもう》の三山の中では一番浅い。標式的《ひょうしきてき》火山の研究としては、赤城《あかぎ》と共に学生たちの修学旅行などには持って来いであるが、そう大した人の心を惹くようなところではない。しかし、次手に行って見るのもまたわるくない。大抵は爪先上《つまさきあが》りで、一里半ほど行ってから十町ほど急に登るところがあるが、決して日光の旧道の嶮しさの半分ほどもない。そこを登り終ると、所謂《いわゆる》万葉の歌にある榛原《はりはら》で、少時の間、背の低い榛《はん》の林が連って、それがひろい秋は草花の乱れ発く高原につづいている。この間が十二、三町、やがて榛名湖の水光《すいこう》がちらちらと路傍に見え出して来る。

榛名湖は山の湖水としては浅すぎる。綺麗すぎる。雋秀《しゅんしゅう》とか、幽邃《ゆうすい》とかいう感じは何処でも味うことが出来ない。雲の坌涌なども見ることが出来ない。これというのも、山に樹木が少いためであろう。しかし、湖畔亭あたりで、欄干に凭りながら、静かに湖の清漣《せいれん》に対するのは、興味を惹かないでもない。ここから榛名の神社のあるところまでは十二、三町に過ぎない。

榛名は昔、修験道《しゅげんどう》できこえたところで、堂宇《どうう》なども非常に多かったということである。その持った奇岩、絵葉書などによくある奇岩は、妙義《みょうぎ》に比べると、とても比べものにならないほど低級だが、それでも樹が多いので、感じはいくらか幽邃である。夏も蚊がいないので、学生などが避暑にやって来るには好い処である。

この他、相馬ケ嶽に登って見るのも面白い。その山は連山中最も東に突出しているので、晴れた日には、ひろい関東平野を隔てて、東京の煤煙《ばいえん》を明かに指点することが出来るということだ。また、この山の南面をかすめて、箕輪《みのわ》から高崎へ出て行く近道があるが、其処《そこ》は一度私も通って見たことがあるが、かなり細い山路で、絶えず谷に添って下りて行くというようなところであった。箕輪には、上杉の城址が今でもちゃんと残っているが、村は小さな純然たる農村で、昔、関東に聞えた聚落《しゅうらく》とはどうしても思われなかった。

二二　伊香保の冬

「さつま芋《いも》のふかし立て！」こう呼んで、旅舎の私たちのいる室《へや》の前を通った。妻は幼い児《こ》のために、それを呼んで、そして二つ三つ買った。

湯気のぽっぽっと立ったふかし芋！

冬なので、二階三階はすっかり閉め切って、湯殿に近い室に火燵《こたつ》をして貰って、そして私たちは静かに湯の気分に浸った。私たちは女《おんな》の児《こ》の五つになるのを伴《つ》れて来た。山にはおりおり雲がかかって、細かい雪が時を定めずチラチラ庭に降ったかと思うと、日影が晴れやかに向うの白壁を塗ったような山の雪に金属のように輝いた。

「好《い》い娘さんがいますね。隣に」

こう今朝妻が湯に行った時に言ったが、二度目に入りに行って帰って来た時には、「今、私が出ようとすると、入って来ましたよ、別嬪《べっぴん》さんですよ。何でも母《おっか》さんらしい人と一緒に来ているらしいですよ。そうね……ハイカラさんじやない、何処《どこ》か東京の日本橋あたりの老舗《しにせ》か何かの娘さんって言う風ですね。母さんという人も品の好い人ですよ」

「何処にいるんだえ？　二階かえ？」

「いいえ……そこですよ、すぐそこですよ」妻《さい》は頷《あご》で教えるようにして小声で言って「そうね、あれでも、もう二十を一つ二つは越したでしょうね。ことに由ると、もう一度嫁《かた》づいた人かも知れない」

「フム」

こう私は言ったが、その日の昼すぎには、その美しい、何方《どっち》かと言えばおとなしい江戸式な娘の姿を目にすることが出来た。娘は洗った髪を日に干すようにして縁側の日当りのところに出ていた。私はつづいて品の好いその母親の出て来るのを見た。なるほど妻の言う如く、日本橋あたりの老舗の細君らしく思われた。私はいろいろに想像した。冬の寒い山の温泉場に長くそういう人たちの滞在しているということだけでも、かれに種々《いろいろ》なロマンチックな物語を思い起させた。

私の妻は昨日の薄暮にやって来たのであった。少し書くことがあるので、十日ほど前から私は其処《そこ》に来ていたのだが、その用事も大方片附いたので、末の

伊香保は此頃では冬でもかなりに浴客があるということである。伊香保では、茶代は取らずに席料を取る方が多いようだ。

女の児を伴れて、一日やって来てはどうか、こう言って妻に手紙を出した。しかし忙しい身の来るか、来ないか、それもわからないと思っているところにひょくり、「東京から奥さんが！」と言って、宿の番頭が知らせて来た。幼い女の児は番頭が負《おぶ》ってくれると言っても、母親の背にしっかりと堅くしがみ附いて決して離れずに、この寒い山の中に来て、不思議なところに父親のいるのを見たのであった。

「整《せい》ちゃん、お父《とっ》さんがいたろう？　面白いところにいたろう」

こう言って私は女の児を抱き上げた。

始終《しじゅう》温く湧いている温泉というものも、幼い女の児には不思議に思われたらしかった。ドウドウと上から落ちる湯滝の音をも始めは気味わるがって、容易にその傍《そば》に寄って行かなかった。妻は来る途中の話などを私にした。

「どうだ？　行って見ようか、湯の元まで」

こう私が誘っても、「寒いでしょう」とか、「また雪が降って来るとわりいから」とか言って、妻は容易にそれに応じなかったが、午後になってから、漸《ようや》く出かける仕度をして、女の児には赤い肩かけなどをさせた。

戸外は非常に寒かった。尠《すく》なくとも氷点下七、八度の外気である。大地は石のように氷り、湯の上から透る鉄管は皆な氷になって白く見えた。それでもまだ地上には雪はなかった。

町の通を行く中は、家屋に遮《さえぎ》られて、風がまた強く当らなかったけれど、一たびそこを外《はず》れて、大きな渓谷に添った路の方へ出ると、寒い冷《つ》めたい頬を刺すような風がかなり強く吹いて来た。

山の雪を載せて聳《そび》えているさまも、自然の大きさと冷めたさを私に思わせた。さびしい路、夏ならば浴客がぞろぞろと往来し、涼傘《パラソル》と麦稈帽《むぎわらぼう》とが交錯し、土産物《みやげもの》を売る店からは、客を呼ぶ声が賑やかにきこえるのであるけれど、今は人の影もなく、崖に臨んだ家々は皆な戸を閉めて、ただおりおりその中から冬の内職の盆をくりぬくくるるの音のさびしくきこえて来るばかりであった。谷から谷へわたした湯の鉄管には、長い氷柱《つらら》が一面にさがっていた。

「痛い、痛い！」

こう女の児は泣いた。

「何処が痛いの、ぽんぽが？」始めはわからないので、そんなことを言っていたが、その痛いは、風の冷めたいのを子供が形容して言っているのであるということが段々わかって来た。

「痛いよ、母さん」

負ったのを下して、肩かけで顔をくるむようにしてやったりしたが、やはりその泣声をやめないので、湯の元の入り口の少し先の、湯の湧き出すのを柄杓《ひしゃく》で飲むところまで行って、そこから急いで引返した。幼い児には、こうした自然は、こうした山は、まだ触れさせるに忍びないような気がして……。

急いで戻って、町の入口近く来た時、ちょっと振返った妻は、

「おや、肩かけは――」

幼い児のしていた赤い肩掛は影も形もなかった。

「どうしたんだろう?」

「落して来たのかしら」

「そうだ、そうだ、さっき湯を柄杓で飲んだりした時、落して来たんだ」

「困ったことをしたね」

「行って見て来ると好《い》いや」

「そうねえ、惜しいのねえ」

こうは言ったものの、私も、妻も、また七、八町戻ってそこに探しに行く気はしなかった。「いいさ、また買うさ」為方《しかた》がないので、こんなことを言って

戻って来た。それにしても、その赤い女の児の肩掛がぽっつり山の中に一つ落ちているということが、私にある不思議な「詩」を思わせた。

今はもうその女の児は成長《おおき》くなって、尋常小学《じんじょうしょうがく》の三年生になっているが、それでも、その時のことを覚えていて、その冬の温泉場の話が出ると、「私、知ってるわ、赤い肩掛を落したわねえ、母さん」こう言ってその寒い山の雪を思うようにした。

二三　渋川町

渋川《しぶかわ》の町はちょっと面白い特色のある町だと思う。

第一、高原の上に位置している形が好《い》い。次に、帯のように利根川《とねがわ》をめぐらしているさまが好い。越後《えちご》から来る上杉の勢力の最初の足溜《あしだまり》であった白井城址《しらいじょうし》がその附近にあるのが好い。それでこの町は、一面その四方に散在する無数の温泉場へ入って行く山口の宿と言ったような形が深く私の旅の心を惹いた。

実際、この町は伊香保の前駅であると共に、沼田《ぬまた》方面にある無数の小さな温泉の門戸を成し、また更に深く吾妻《あがつま》一郡の所々《しょしょ》に散点する名高い温泉、たとえば四万《しま》とか、河原湯《かわらゆ》とか、沢渡《さわたり》とか、更に奥深くかの山の上の草津《くさつ》の名湯にも

上越線が完成した暁には、ここらも

その門戸を開きつつあるのであった。昔に限らず、今でも、そうした温泉に志す人は、此処《ここ》に来て、昼飯を食うなり一夜泊るなりして、乗合馬車または自動車の便を待つのを例とした。

従って、旅舎にもちょっとしたものがあり、料理屋にはこうした町にはめずらしい大きいのがあった。佐《さ》鳥屋《とりや》の二階で、冬食った山猪《しし》の旨《うま》さは私は今だに忘るることが出来なかった。

今は沼田方面には汽車、中条《なかのじょう》方面には軌道《きどう》の便《べん》がある筈である。ここから中条町へ四、五里、四万へ八里、草津へ十二、三里という距離である。

沼田町は真田《さなだ》昌幸《まさゆき》のいたところだけあって、封建時代にあっては、非常に地形のすぐれた要害のところである。北から来る勢力は、どうしてもその一城を無視してそして南下して来ることは出来なかった。それに、山巒に四面を囲《い》繞《にょう》された形、翠嵐の常に揺曳《ようえい》せる形、暗い空気の中に何処《どこ》か派手な気分を雑《まじ》えた形が特色ある山の町としての感じを私に与えた。それにこの附近には、日本のかくれた山水の一つとしてきこえている追貝《おっかい》の渓谷があり、無数の小さな温泉があり、日光の湯元へと出て行く路があり、旅客の思いを誘うような処が決

大分に変って行くであろう。

門戸という感じも段々薄くなって行くだろう。

この渋川に泊るものなどは今はあるまい。

して尠《すくな》くなかった。片品川《かたしながわ》の上流を溯って、尾瀬沼《おせぬま》から南会津《みなみあいづ》の山巒の中に入って行く路も、青年旅行家に取っては見捨てて置くことの出来ないものの一つであった。それに、交通の不便な往時《むかし》にあっては、越後から東に出て来るものは、皆なその国境の清水越《しみずごえ》を越えて、沼田から前橋《まえばし》へと出て来たので、渋川町なども山の温泉への入口の町としてより以上に人馬《じんば》絡繹《らくえき》たる光景を呈した。今でもその頃の面影《おもかげ》がいくらかその空気に雑って残っているのを旅客は見落すことはあるまい。

沼田から片品川の渓谷を溯ってずっと奥深く入って行く路は非常に面白い。例の吹割《ふきわり》の滝《たき》あたりはことに山水のすぐれたところである。老神《おいがみ》温泉も田舎の温泉ではあるが、ちょっと面白い。これから少し行って、東小川《ひがしおがわ》温泉に一泊して菅沼《すかぬま》、丸沼《まるぬま》を見て日光の湯元の方に出るのも好い。それに、此処らは高距が大きいので、避暑地としては持って来いである。この渓谷に添って六里ほどで戸倉《とくら》へ行く。例の尾瀬沼はそこにある。

上越線の駛走《しそう》するところ——沼田以北、汽車は清水越の方を通るらしいが、これが出来ると、そのあたりの温泉場が皆な非常な発展をするだろうと今から期待されている。伊香保や四万は無論多大の影響を受けるに違いない。湯原《ゆはら》、湯檜曾《ゆびそ》、龍華寺《りゅうげじ》、それから越後に入って湯沢《ゆざわ》がぐっと大きなすぐれた温泉場になるらしいと言われている。

中条方面、即ち吾妻郡の山巒の中に入って行く路は、中条から二つにわかれ、一つは沢渡を経て暮阪峠《くれさかとうげ》を越え、一つは吾妻川の峡谷に添って、川原湯《かわらゆ》附近の美しい山水を展開し、長野原を経て、前者と合し、直ちに草津温泉へと向って行っている。前者は近いけれども、暮阪の嶮《けん》がかなりに急なので、今ではこの方面から草津に行く旅客は、大概後者を取るようになっている。渋川から川原湯に一泊、翌日は楽に草津の高原の上に行き着くことが出来た。

とにかく、渋川町は、山の温泉への門戸を成した形に於て、私の心を惹いた。子持《こもち》、小野子《おのこ》、左に聳えた榛名《はるな》火山群の相馬嶽からは、雲煙が揺曳して、嵐気《らんき》の常に絶えないよう山の町である。夏は旨い鮎《あゆ》が食えた。

二四　吾妻の諸温泉

吾妻の山巒の中の温泉では、無論草津《くさつ》がその帝王である。かつては路遠く、山深く、交通が不便なので、都会の行楽者にはちと旅の荷が重すぎたが、沓掛《くつがけ》方面から来る汽車がじき近くまで(嬬恋《つまこい》まで)通じたので、今はそう骨を折ずに行くことが出来た。

しかし今でも四万《しま》は栄えている。この温泉は吾妻川の一支流四万川の上流に位置して、渋川から八里、中条《なかのじょう》から四里の距離を保っているが、道路が山巒の中の割に平坦かつ良好なので、乗合馬車も車も自動車も自由に往来することが出来た。それに、その効能から言うと、伊香保《いかほ》などよりもぐっとすぐれていて、胃腸にも神経痛にも共に好《い》いので、夏は浴客が常に充満して、十数軒の旅舎でも十分にそれを収容することが出来ないという風だ。

伊香保の開豁《かいかつ》に、眺望に富んでいるのに対して、此処《ここ》は全く万山《ばんざん》の嵐気の中に埋《うも》れたという形で、山は迫り、谷は鳴り、頗《すこぶ》る雲煙の気に富んでいる。それに、客の種類も、伊香保ほど交通が便利でないので、都会からやって来る客も概して中流階級が多く、他に不愉快な感じを与えるような浴客が少ない。女をつれ込んで来る客なども割合に少い。

それに、その持った渓谷がかなりに美しく、大泉小泉《おおいずみこいずみ》などという勝《しょう》もあって、浴客の退屈を慰めるに適している。設備も伊香保などは行かなくとも、都会の人の困らせないだけの設備はある。避暑的温泉としては、まずすぐれた方と言って好い。

私の考では渋川から中条、長野原を経て草津に達する軌道の完成を望む。そうすればこのあたりの渓谷と、その渓谷にわき出している温泉とは、そのまま世間に浮び上って、ここら一帯の地が沢渡《さわたり》温泉は、中条から来た路を四万川に添って右に四万へ行く道を岐《わか》ち、左に草津の暮阪峠《くれさかとうげ》への路を延ばしている形になっているが、その草津路《くさつじ》を渓橋《けいきょう》をわたって十町ほど行ったところにある。人屋参差《じんおくしんし》として山巒の中に埋《うま》っているというような感じのする温泉場で、四万に比べると、その設備といい、浴舎といい、またその浴客の種類といい、すべて第二流にも第三流にもなっているが、それでも附近に面白い形をした独立山《どくりつさん》などがあって、いかにも深山の中という感が旅客の心を惹くには惹いた。痔疾《じしつ》などには非常に好いということである。食う物はあまりないが、滞在費は、伊香保、四万に比べてぐっと廉《やす》い。

しかし吾妻の温泉の中で、風景の点から言って、河原湯《かわらゆ》の谷が一番すぐれているのは誰も皆ないう。それは中条町から左に入って、吾妻川の谷に沿って入って行くのであるが、一、二里は平凡で、別にこれと言って目を惹くようなものもないが、一歩一歩山巒の中に入って行くにつれて、両岸の山は次第に蹙《ちぢ》まり、渓谷は深く穿たれて、水声の鳴る音が漸く高くなって来る。淡竹《まだけ》の藪が両岸に多く、ところに由っては、それが半《なか》ば渓を蔽《おお》っているような場所もあるが、その中を筏《いかだ》が五つも六つも、或は渓潭《けいたん》に、或は奔湍《ほんたん》に点々として流されて下して来るさまは、絵もまたこれに如かじと思わるるほどである。かつて志賀矧川《しがしんせん》

日本での温泉公園のひとつとなるであろう。海の温泉公園としての別府附近に対して山の温泉公園となるであろう。土地の有志の中に努力するものはないか。

氏は、これを耶馬渓《やばけい》の谷に比べて、その美観は到底《とうてい》かれはこれの敵にあらずと言っているが、単に渓《たに》として見れば、実際そうだ……。ここには耶馬渓の持ったあの浸蝕作用の十分に働いた岩山はないけれども、樹が深く、谷の瀬が美しく、それに対岸処々に起伏する小山巒に特立兀立《とくりつこつりつ》したものが多いので、渓谷としての変化は非常に複雑しているのを私は見た。塩原《しおばら》の谷と比べては、瀟洒《しょうしゃ》な点は、或は及ばないかも知れないが、嵐気の多いのは、これかれに増《まさ》る数等である。

河原湯の温泉は、この渓谷の中に位置している。人家七、八軒、蕭条とした温泉場であるが、または沢渡といくらも違わない程度の温泉場ではあるが、春の河鹿《かじか》のなく頃、秋の山の錦繍《にしき》を織り成した頃、静かに来て一夜泊れば、その清興は容易に他に求めることは出来ないであろうと思われる。

そしてここに一夜泊って、あくる日は、長野原に出て、それから小雨川《こさめがわ》を溯って、草津へと行く。この間も、山が深く、嵐気が多く、清泉処々に湧出して夏なども暑さを知らぬような処が多い。

それに、田舎の温泉で好いなら、ここから草津に行く間にも、沢山に小さな温泉がある。そういうところに一夜寝て、山中の民の生活を目にするのも、また旅の捨て難い興ではないか。

二五　草津から伊香保

草津《くさつ》を夜の明けたか明けないかくらいに出発した私は、行《ゆ》く高原の上の黎明《しののめ》のシインを眺めながら下った。

それはもう二十五年も前のことであるけれども、その時の爽《さわ》やかな印象は、今だにはっきりと私の眼に残っていた。それはもう九月の末で、秋の冷気が山に遍《あま》ねく、路傍《みちばた》の草原には百花乱れ開くという頃であったが、私は信州《しんしゅう》の渋《しぶ》温泉から、上下八里の嶮しい草津峠を越して、白根《しらね》の噴火口を見て、草津に一泊して、そしてそのあくる日は、伊香保《いかほ》まで十五、六里の山路を突破しようというのであった。私は前夜に朝早く起きて貰うことを宿の女中に頼んで置いて、暁《あかつき》の四時に起きて、手拭を持って浴槽に出かけた。まだ夜は暗いが、欄干《らんかん》から覗くと、秋の夜空は美しく晴れて、星光が燦爛《さんらん》としている。若い旅好きの心は躍るように湧き上った。私は静かな湯に一人浸《つか》って、滅多に味うことが出来ないような好い心持に満たされて、小声ですきな歌などを口すさんだが、室《へや》に帰って来てからも、頼んで置いた女中を何遍か起して、漸《よう》く朝飯に有附いて、

草津は今はわけなく行けた。浅間山の向うの沓掛からの軌道が草津まで二里の嬬恋まで通していて、それからの乗物も非常に便利である。

大きな握飯《にぎりめし》を三つつくって貰って、そして脚絆《きゃはん》をつけ草鞋《わらじ》をはいて勇ましく出かけた。

深く沈んだ高原の朝の霧、その上から一つ一つ山巒《さんらん》があらわれ出して来るさまは何とも言われなかった。そしてそれが東に面したところだけ茜色に染って、微白《ほのしろ》く明けかけて来た高原には、尾花《おばな》、萩《はぎ》、刈萱《かるかや》などが山の朝露に俛首《うなだ》れてさびしく並んでいるのがそれと微かにほの見えた。星はまだきらきらと光っていて、路傍の民家では誰も起きたものはなかった。私は朝の爽やかな空気を心ゆくばかり呼吸しつつ、韋駄天《いだてん》のように一里二里を走るようにして歩いた。

山は山を孕《はら》み、雲霧《うんむ》は雲霧と重なり、初めて輾《きし》り登り始めた日が、晴れやかに高原の上にその最初の光線を投げた時は、私は思わず驚喜の声をあげた。野はすべて明かに、畑も草原も、その間に通じた路も、いくらか凹《くぼ》みになって複雑した谷も、すべて美しいキラキラした朝の日の光線に満された。顧《かえり》みると、いくらか雲はあったけれども、上信の国境の高い山が、その中に万座《まんざ》の温泉があり、鹿沢《かざわ》の温泉があり、松代《まつしろ》に通ずる鳥居峠《とりいとうげ》がある一帯の連嶂が、濃いコバルト色に染って蜿蜒《えんえん》として起伏しているさまは、大きな自然のパノラマのように私の眼中に落ちた。一歩歩いては振り返り、一歩歩いてまた振返った。さびし

この附近に小さな二、三の田舎式温泉がある。

い山の秋風は静かに私の心まで染み通って感じられた。

午前の八時には、私はもう三里の高原を下り尽して、下に小雨川《こさめがわ》の絶壁に偏って流れているあたりまで来た。人々は漸《ようや》く起きて働き始めた。ある踏傍の小さな民家からは、煙が静かに登った。

生須《いきす》でその小雨川に架けた渓橋をわたって、それから暮阪《くれさか》の峠へとかかった。此方《こっち》から登って行くには、そう大して嶮しくはないが、同じような阪路《さかみち》と、林《りん》藪《そう》とがつづいて、かなりに退屈な路であった。峠の上についたのは午前十時、そこには一軒の休茶屋《やすみぢゃや》があって、婆さんが七輪《しちりん》の下を煽《あお》いで湯をわかして、茶などを勧めた。

峠の上はそう大してひろい眺めもなかったけれど、山巒の無数に重り合った具合はちょっと天城《あまぎ》の谷を私に思わせた。それに、沢渡《さわたり》と河原湯《かわらゆ》とにその裏表を見せている特立した面白い形の独立山の渓谷を塞ぐようにして聳えているさまが、その眺望を複雑にした。

これからは、全《まった》く足の留《と》めないようなひた下りであった。つまり東から草津に出かけて行く人の最も難儀な場所としている峠の登路《のぼりみち》である。しかし、草津から来ては、何の苦もなく、一、二時間で、沢渡の温泉場へと達することが出来た。

この渓谷は、後までも、私にかなりに深い印象を残した。その特立した山を主材にして短篇を書いたことなどもあった。沢渡から中条《なかのじょう》までは、山は開け、谷は尽きて、風景は次第に平凡になって行った。私はそこから吾妻川の五反田《ごたんだ》の渡をわたって、再び林藪と草原の中をわけて、その日の午後四時には、もう伊香保の人家《じんか》を蜃気楼《しんきろう》のように万山《ばんざん》の中に発見することが出来たが、今ではとてもあんな芸当は打ちたくも打てなくなった。旅は若い時だとつくづく思わずにはいられない。

二六　草　津

草津《くさつ》は昔からきこえた温泉場だけあって、感じがわるくなかった。想像していたのとは違って、何方《どっち》かと言えば、ひらけた広濶《こうかつ》とした位置にあるけれども、またその展け方が伊香保や箱根の強羅《ごうら》あたりとは違って、高原の上にありながら平野の中にあるような気がするけれども、それでも高燥な気があたりに漲《みなぎ》って、有馬《ありま》とか、道後《どうご》とか、城《き》の崎《さき》とかいう温泉のような世間に近い感じはしなかった。開けたようで、そして何処《どこ》か山の中という感じを持った温泉であった。

今は沓掛から浅間を越して此方へやって来る軌道が嬬恋まで通し、やが草津の全盛期はしかし今ではなかった。今よりは却って昔の方が栄えた。浴舎なども今よりも数等立派なものがあったということである。それと言うのも其処《そこ》に来る浴客は、少くとも五十日や六十日はそこに淹留《えんりゅう》する準備をして、遠い山路を五日も六日もかかってはるばるやって来るのであるから、どうしても今のように一夜泊って翌朝すぐ立って行くような客とは、客としての気分が違う。娯楽の機関も従って発達すれば、諸芸人も多く遠くから入り込んで来るという形で、おのずから金も沢山に落ちた。何でも昔の人の話では、小判を沢山持った客が来ると、すぐ旅舎にそれを預けたが、その小判がザラザラと一杯旅舎の金庫に充ちていたという話だ。

　歴代の武将の中でも、此処《ここ》までわざわざ湯治にやって来た人はかなりあるらしい。頼朝も、秀吉もやって来たという記録が今日まで残っている。であるから、昔の道中記《どうちゅうき》には、草津街道というものがちゃんと国道か何かのように詳しく書いてあって、その駅々の伝馬《てんま》軽尻《からじり》の徴発《ちょうはつ》、または大名などの行って浴する時に途中に寄泊する本陣なども、ちゃんとその本に書いてあった。昔は主として室田《むろた》長野《ながの》原道《はらみち》という一番遠いがしかし一番平坦な路を選んで、そして出かけて行った。かれらは皆な高崎から、榛名《はるな》の正面の室田を通って、そこから長野

ては草津まで出来ることになっているので、暮阪、長野両方面から来る浴客は甚だ少くなった。

交通機関として馬が井櫓をのせたのを用いている。

原へと出て行ったのであった。この路などは今は全くすたれて、通る旅客もなくなってしまった路だが……。

つまり温泉そのものの性質、癩病とかまたは今の所謂《いわゆる》花柳病とか、昔の医薬ではどうする事も出来なかったような患者が、「草津に行って来れば治《なお》るものは治る、いけないものはいけない」と言う信仰を持って、そして皆なそこに出かけて行ったので、それでそういう風に、その遠い山の温泉が世間の人々を惹いたのである。そしてまた人々の信仰ばかりでなく、その温泉はよくそうした患者を治した。私の知っている老人などにも、草津に行って来てから、すっかり体が良くなったというものは尠《すくな》くなかった『醫者《いしゃ》もてんしやも草津の湯でも戀《こひ》の病《やまひ》は治《なほ》りやせぬ』こうした俗謡などもそうしたところから唄われた。草津の繁昌《はんじょう》は一度行って、材料を調べたり、里人から聞いたりしたら、面白い記録が出来るであろうと思う。十返舎一九《じっぺんしゃいっく》なども、後にその好評の『膝栗毛《ひざくりげ》』に草津を舞台にして書きついでいる位だから……。

しかし、今とて、草津は決して衰えた温泉場ではない。浴舎も三層二層相《あい》連《つら》なるという風で、設備はこうした遠い山の中とは思われないほどすぐれている。それに、湯が烈《はげ》しくって好《い》い。道後や、有馬や、城の崎のようなあんな衰えた温泉ではない。また伊香保、塩原《しおばら》、箱根のような女性的の温泉ではない。飽まで男性的である。熱湯が町の中を流れている、新しい手拭を一週間も使うと、色が変ってボロボロになってしまう。金でさえ真黒になる。ちょっと行っただけでは、余り烈しすぎるので、気味がわるくなるくらいである。皮膚の乾きの早いことは、天下無比《てんかむひ》だと言っても、決して誇張した言葉ではない。

日本ではこの他に、これとやや趣きを同じにしているのは、羽前《うぜん》に、東北の草津と言われる高湯《たかゆ》温泉がある位なものである。それに次いでは那須《なす》だ。別府《べっぷ》は湯の量は多いが、その烈しさに於てはとてもことはくらべものにならない。

この烈しい熱い湯に、更に少しも水をうめずに、ある一定の期間、軍隊組織の懸声で入浴するのであるから、人間も病気を治したいとなると、随分無茶なことをやるものだなどと私は思った。

しかし沓掛《くつがけ》方面からの軌道で入って行くと、草津は上州の温泉という感じはせずに、信州の温泉という気がする。あの六里《ろくり》の原《はら》あたりの荒涼とした感じはちょっと好い。私はあそこを暑い日に草津からやって来て、浅間に登ったところが、運わるく山が鳴動してえらい日に逢ったことがあった。その時分にはあそこを汽車が走ろうなどとは思いもかけなかった。

二七　白根登山

「白根《しらね》へは此処《ここ》から入って行《い》くんですか」

ちょうど行き逢った土地の男に私はこう訊《き》いた。

それは草津峠《くさつとうげ》を信州から来て二里以上も下ったところであった。路には赤ちゃけた岩石が縦横に乱れて、灰のような土は、火事場のあとのように踏む度にパッパパッと白く颺《あが》った。

「そうだ……それを真直《まっすぐ》に行けば好《い》いんだ……」

「まだ、よほどありますか」

「さア、一里はあんめい……そんなに遠くはねえ」

「迷いそうなところはありませんか」

こう訊くと、その男は向うに重なり合っているやはり赤ちゃけた山の連亙《れんこう》を指さし示して「そら、向うに赤い尖《とが》った山が見えんべい。あの向うが白根山で、お釜のあるところだから、それを見当にして歩いて行けば、間違いこはねえだ」

「有難う」

こう言って、私はその路をたどって入って行った。私は既に草津峠の赤ちゃけた、枯木の骸骨のように林立している、緑色《りょくしょく》と言うものは何処《どこ》にも発見することの出来ない長い長い路に苦しんで来ていた。土の灰のように立つのも厭《いや》だった。それに、九月の中旬ではあるが、非常に暑い日で、歩いていると、汗がだくだくと体中に流れた。こんな山に登って見たってしようがない。いっそやめてしまおうかと何遍も思った。しかし折角やって来たのである。またいつやって来ることが出来るかわからない処《ところ》である。これに、私はそうした時に、いつも好加減《いいかげん》にして来ることの出来ぬ性分である。「まア、行って見ろ……」こう思って私は入って行った。

勾配《こうばい》は僅かに爪先上《つまさきあが》りぐらいの路であるけれども、石が到る処に出ているので、それが時々草鞋《わらじ》を嚙《か》んで、飛び上がるような痛さを味わされた。焼けた一面の石原の中には、それでも葉蘭《はらん》のような広い葉をした植物がところところにしげっていて、それすら路に添ったところは、灰のような土に塗《まみ》れて、いやに白ちゃけた色になっていた。

暑い日はジリジリと上から照った。

しかしその男の言ったように、その指さされた山の麓まで行くのは、そう大

して遠い路でもなかった。硫黄《いおう》を採る小屋などが路の畔《ほとり》にあって、工夫らしい男が二、三人何かしているような前を通る度に、

「白根へはこの路で好いんですね」

と訊き訊き私は行った。

あれが白根だと言われた山も、来て見ると、そう大して高くなかった。これで六千尺以上もあるのかと思われるくらいである。それと言うのも、私の立っている地盤が既に三千尺以上であるからであろう。私はそう大して骨を折ることなしに、そのお宮のあるところへ出て、それから少し石ころ路を登ると、右に涸釜《かれかま》、左に湯釜《ゆがま》を持った噴火口《ふんかこう》が忽然《こつぜん》として私の前に展けた。

湯釜からは、噴煙が凄じく奔騰《ほんとう》して登っている。黄《きいろ》い、白い、または灰色の煙が渦《うずま》くように地を這ったり捲《ま》き上《あが》ったりして蓬々《ほうほう》として空に上って行く。時時その煙が日を掠めるので、日は黄くぼっとした陰気な光景を呈した。

浅間《あさま》、阿蘇《あそ》、そうした著名な噴火口から比べれば、勿論言うに足りないものではあるけれども、それでも、底では今なお凄じく活動して、現に明治の初年にも、附近十数里間に一本《ひともと》の青きをさえ留めしめないほどの被害を与えたと思うと、何となく其の縁に立っているのさえ気味がわるいような気がした。私は

この奥二十町ほどのところに万座温泉がある。

全く田舎式の温泉ではあるが――。


下まで下りて行くことを躊躇《ちゅうちょ》した。

涸釜の方は錆びた色の水が湛えているばかりで、別にこれといって変った光景もなかった。私は二、三十分ほどしてそこから下りて来た。

草津の湯治客に取っては、この白根登山は、その散策が最も重要なものの一とされていた。現に、文政年間に、当時の大儒《たいじゅ》であった安積艮斎《あさかこんさい》は、草津遊浴中に、門人や土地の有志たちと一緒に一日ここまでやって来て、一篇の紀行を草している。それは漢文の常習の誇張沢山《こちょうたくさん》な文字で書かれてあるから、読んでも割引《わりびき》して考えなければならないけれど、それでも、そうした文章が昔既に作られていたということは、草津に遊ぶ人たちに取って興味の饒《おお》いことであるには相違なかった。

草津から白根まで三里半。

二八　草津の奥

草津の北に横わっている山地は、信州に属しているが、そこは昔から秋山郷《あきやまごう》として知られて、ちょうど阿波《あわ》の祖谷《いや》、肥後《ひご》の五箇荘《ごかのしょう》、下野《しもつけ》の栗山《くりやま》、越後《えちご》の三面《さんめん》など同じように、平家の落武者《おちむしゃ》のかくれたという伝説のある有名な深山窮谷《しんざんきゅうこく》であった。草津の方面から見ると、そう大して大きな高い山もなく、むしろ平凡に、普通の数箇の山林が散点していそうに思われるけれど、しかしその区域はなかなか広く、入って行くにも困難に、山から山へと重なり合って、渓谷は深く穿《うが》たれ、路は纔かに綫《さん》の如くそれに沿って通じ、そこに住んでいる民は、全く今の文化の恩沢《おんたく》には浴せないという風であった。そしてその山谷の中に入って行くには、越後の方面と、北信濃の飯山《いいやま》町の先きの野《の》沢《さわ》温泉あたりから入って行く路と、それからこの草津から入って行く路との三つの路があるのであるが、地図で見ると草津方面から入って行くのが一番近く且つ楽であるように見えた。一体、この秋山郷の世間に知られるようになる始めは、山東京山《さんとうきょうさん》が越後の塩沢《しおざわ》町の鈴木《すずき》牧之《ぼくし》という人の許《もと》に遊びに行って、そこでいろいろとその深山窮谷の中の民の生活を聞いて、それを『北越雪譜《ほくえつせっぷ》』という本に書いたのが最初であるが、そこには叺《かます》を蒲《ふ》団《とん》の代りにして冬の積雪の中を炉《ろ》傍《ばた》に眠るさまや、嶮しい山路を獣などを猟して生計のたつきとしているさまや、そこの住民は深山の中に何百年かをすごして、他の民とは全く交通をしなかったのが、ある年、山が飢《き》饉《きん》で食う物に不足を感じて来たために、段々里に出るようになって始めてそういう里のあったのを知ったことや、中津《なかつ》川《かわ》という渓谷に冬の積雪を侵し

草津から入って行くのは途中で路が絶えている。

て鮭を漁する話や、妻の持って来て置いて行った松火《たいまつ》のために岩上から深沢へ吊した鮭釣りの畚《ふご》の太綱《ふとつな》が焼け落ちて、それが深沢へ落ちて死んだ悲しい物語や、そうしたことが沢山に、かつ小説などを書いた人の筆だけに、面白く色彩深く書いてあるので、私なども、若い時には「そうしたところもあるものか」と思って、ロマンチックな好奇な心を起したものであった。その後《のち》、私は日光に栗山の奥をたずねて、そうした民の生活を略々《ほぼ》知ることが出来たがなるほど路という路もない、雪が降れば全くその中に埋《うも》れてしまうような生活を不思議にかつ面白く思った。しかし今ではその栗山の中も開けた。水力電力の工事のために、都会の人夫たちが大勢入って、全くその仙境の空気を乱してしまった。秋山はどうであろうか。今でもやはり『北越雪譜』にあるような生活の状態にあるであろうか。かつて一度長野の新聞社か何かが、秋山探険を試みて、その紀行を出しているのを見たことはあったが、遂にその詳しいことは知らずに終った。一度は是非行って見たいと私は思っている。

それにしても、すぐれた湯があったために昔から中央地方と常に交渉を絶たなかったこの草津の附近に、山巒をただ一重隔てて、そうした窮谷の民が住んでいるということは面白いではないか。

この秋山の中にも温泉が二、三ある。北信の野沢温泉がスキーの好適地として知られて来たから、この山の中も段々世に出て行くであろう。

信越線の豊野駅から飯山を経て西大滝へ行く軌道が出

それに、飯山町の先きにある野沢の温泉も頗《すこぶ》る詩趣に富んでいる。渓流なども頗る美しい。そしてその附近には、千曲川《ちくまがわ》が一ところ小ナイヤガラを成して、そのため舟が上流下流通じて上下することが出来ないところがあるということがある。一度はそこを通って、越後の小千谷《おぢや》町の方へ出て行って見たいものだ。その途中にある谷が悉《ことごと》く赤いという処などもめずらしいではないか。

来た。野沢は今はわけなく行けた。汽車の線から一里ほど。

二九　草津越

草津《くさつ》から信州の渋《しぶ》に越えて行く間は、日本でも有数な大きな峠である。天城《あまぎ》越《ごえ》、または保福寺《ほふくじ》越《ごえ》、九州の加久藤越《かくとうごえ》、陸中《りくちゅう》の生保内越《おぼないごえ》、ライマン越乃至《ないし》は上信の境にある清水越《しみずごえ》、それにも増して大きなさびしい峠である。上り四里、下り四里と言われているが、それよりは少し遠いような気持がした。

それも道理《ことわり》だ。この上信の間に横わっている山嶺は長野附近の千曲川平野から眺めると、丸で大きな屏風を立てたように蜿蜒《えんえん》として連っていて、雲煙の坌《ふん》涌《よう》し、山雪の堆積し、嵐気の揺曳するさまは、常に信越線を行く汽車の旅客の眼を驚かすほどのものであるから……。現に長野平野から草津に行く鳥居峠《とりいとうげ》なども、その大きさに於ては、行旅《こうりょ》つねに艱《なや》むのを常としている。

草津峠は、信州に面している方は、緑樹鬱蒼《うっそう》として繁り、草原や林藪もまた少くはないが、上州に面した方は、草木《そうもく》悉く枯れ、土も半ば赤ちゃけた灰のような路で、歩くのには非常に骨が折れた。つまり白根《しらね》の噴火の址であるからである。昔の本に、たしか誰かの紀行文か何かの中だと思うが、その中に、この途中に毒水《どくすい》が流れていて、旅客が知らずに飲んで命を殞《おと》したことなどが書いてあったが、そうした毒水の所在地は、注意して歩いたけれど、私は遂にそれを発見することが出来なかった。

信州の方から来て、峠近く登り着いた頃の光景は、ちょっと変っていて面白かった。今まで、緑の色が深く、草木が繁り、小鳥が麗かな日影に囀《さえず》っていたりしたのが、俄《にわ》かに枯木が処々《しょしょ》に現われ、行く行く緑の色がなくなってしまって、赤ちゃけた路、山、林がその前を塗《ぬ》った。そして水は赤い色をした谷を流れ落ちた。

峠近く行ってからも、扁平《たい》らな高原がかなりに長く続いた。峠の上には、たしか芦洲張《あしずばり》の小屋があって、それは冬の積雪の中にも住んでいるらしく鬚の黒黒と生《は》えた猟師夫婦が其処《そこ》にいた。「十一月の末には、もうここを越えて行くような人はありませんや……雪はもう深いですから……しかし、この路は、昔は関所《せきしょ》がなかったので、日蔭者《ひかげもの》は冬でもよく通って行ったもんだそうだ……関東から北国へ行く裏道となっていたでな」その猟師はこんなことを私に話してきかせた。

私は信州の渋の温泉を朝の七時半に立って峠に着いたのが十一時、それから白根の噴火口に廻って、午後四時には早くも草津に着くことが出来た。渋から少し登ったあたりは渓が邃《ふか》く、樹が繁って、草を刈りに行く馬がぞろぞろと私と一緒に並んで通った。そうしてそういう人達の唄う草刈唄《くさかりうた》の節が朗《ほが》らかな朝日の雑《まじ》った空気に賑かにきこえた。

前にも言ったように、天城越、日向《ひゅうが》の加久藤越、信州の和田峠《わだとうげ》などと比べて感じが決して浅くなかった。北に連る秋山一帯の連山の起伏も、襞《ひだ》が深く、影が多く、旅客の思いを惹くことが多かった。

枯木の林立しているさまが、何処《どっ》か日光の中禅寺《ちゅうぜんじ》から奥の湯元《ゆもと》に行く光景に似ているが、あれよりも規模は大きく、高原らしい感じに富んでいて、それでいかにも深山らしい気がした。峠道としての面白さも、他に多く見ない複雑した空気と気分とを備えている。

草津の方から来て渋に下りるところに佐久間象山の発見したという小さな温泉がある。

三〇　北信の温泉

渋《しぶ》、安代《あんだい》、湯田中《ゆたなか》、この続いた三つの温泉を思い出すと、いかにも賑やかな田舎の人たちの温泉場という感じが私に浮んで来た。

無論、箱根や、熱海や、塩原や、伊香保や、そうした都会を遶って存在した温泉場の設備と賑わいとは持っていない。客もまたそうした都会の人たちはやって来ない。それからまた一地方の温泉でそして日本の名勝になっているような温泉場——例えば、加賀の山中《やまなか》とか、能登の和倉《わぐら》とか、乃至《ないし》は伊予《いよ》の道後《どうご》とか、大分の別府とか、そうした名高い温泉場の持った空気でもない。それよりもっとロオカルな、ラスチックな、混雑した温泉場の空気である。西長岡、藪《やぶ》塚《つか》、その持った空気にいくらか似通っていて、それよりは賑かにかつ淫《みだ》らな形である。

ちょうど千曲川《ちくまがわ》の中流の東に位置した地区で、其処《そこ》に汽車で行くには、長野の先きの豊野《とよの》で下りて、そこから自動車なり乗合馬車なりに頼って五、六里の距離である。先ず千曲川を渡ると、やがて中野《なかの》町がある。ちょっと賑やかな好い町である。ここはまた千曲川の河成《かせい》平野の一部だが、そこから小さな山巒《さんらん》を

またそのうの山を根を廻ってずっと高原に出たところに発補温泉がある。渋から上林を経て一里半、安いので学生などがよく出かける。

一重《ひとえ》破って入って行くと、山合の谷に添って、人家《じんか》が参差《しんし》として連って、湯の煙、夕炊《せきすい》の煙が絵のように靡《なび》いているのを旅客は目にする。やがて谷川に架った橋をわたって、一番先きに湯田中の町に入って行く。

しかし、この一区を貫いて流れている渓流は、惜しいことには余りに美しくない。水の量もそう大して多くない。ただ、石原が磊々《らいらい》として連っている中に水が一筋碧《あお》く流れているばかりである。

旅客は忽ち其処にゴタゴタとした温泉場の光景を目にするであろう。温泉御《おん》宿《やど》と書いた小さな二階屋、百姓らしい若い男が白縮緬《しろちりめん》のへこ帯に銀くさりの時計を巻きつけて欄干《らんかん》のところに立っている姿、あやしげに白粉《おしろい》を白く塗った女、小さな入口の小料理、それから少し行くと、遊廓《ゆうかく》が五軒も六軒も庇《ひさし》を並べて、浅黄《あさぎ》の暖簾《のれん》が汚なくよごれている。ある家では三味線の音がする。鼓《つづみ》を打って騒いでいる気勢《けはい》がする。いかにも賑やかな複雑した空気である。

つまり、この附近の百姓たちが、農事の閑《ひま》を見ては、桑《くわ》を売ったり米を売ったりした金を落しに来るところである。従って収穫の後とか、これから農事が始まろうとする前とか、または冬の積雪に埋れた時とか、そういう時に客が多勢集って来る。従って物価も決して高くない、味噌、醬油《しょうゆ》、乃至は米までも山

東京から此温泉に行くには、普通豊野から乗合自動車で行くのが便である。屋代から須阪を通って中野まで行く汽車も出来ているが――これでも行けるが、やはり豊野からの方が好い。

阪をはるばる負ってやって来る自炊の浴客が多いのであるから、設備もすべて廉《やす》く出来ている。娯楽の機関などでも、浪花節《なにわぶし》とか活動《かつどう》とかそういうものが多い。

湯田中から少し行ったところに、安代温泉がある。これは湯田中に比べるとやや小さいが、やはり賑やかでそして淫らである。泉質も違っていない。そしてまた都会の人達の行くような温泉でない。これから少し行くと、一番奥に渋温泉がある。

この温泉は何処《どこ》かピタピタする。渋のような泉質である。そのため、その名を得たのであろうと思うが、体には非常によくきく。それによく暖たまる。浴楼にもかなり大きなのがあって、三層、二層、層々として相重ると言った形である。

三つの中では、一番この温泉が旅客に好《い》い感じを与えた。しかし、全体の気分から言うと、そう大して明るい方ではない。何方《どっち》かと言えば、陰気である。それと言うのも、四面を山で取巻いて谷の底になっているからであろう。日影のさし込んで来るのなども、かなりに遅いのを私は見た。前の二つの温泉に比べると、客の種類もやや上等の部に属する。県庁の役人などもよく其処に行って泊った。

ここから一里ほど山の中に入ると、大地獄《おおじごく》がある。琵琶池《びわいけ》という小さな池などもある。かなりに壮観である。それから、琵琶滝《びわたき》という滝も、名に似合わず大きな見事な滝である、浴客の散策には持って来いというところだ、その瀑《たき》は日光の瀑に比べて、華厳《けごん》ほどには行かないが、すぐその次位《じい》に位《くらい》すべきほどの大きさを持っている。しかしその周囲の山の気分は決してそう深くない。

私は此処《ここ》に一夜とまって、そしてその町はずれにある渓橋の畔《ほとり》で、そこまで送って来た二人の友達に別れて、そして草津峠へとかかって行ったのであった。その友達とは、もう何年にも逢ったことがない。一人は死んだが、一人はまだ健全でいた筈だ。私に取っては、その渓畔《けいはん》の橋はなつかしい橋である。

三一　上田　長野附近

この他に、渋《しぶ》や湯田中《ゆたなか》とは山を一つ挟んで背中合になっている形である。以前は全く山の中に埋れた温泉であったが、十年此方《このかた》非常にひらけて来た。これはやはり信越線《しんえつせん》の豊野《とよの》駅から行くのを便とする。乗合自動車がある。山の中で、渓流もあって、いかにも絵巻物を見るような温泉である。夏も涼しい。つまり長野から東に屏風《びょうぶ》のように見える国境山脈の中にあるのである。

これらの温泉には、皆な信越線で行くのであるが、この途中、行きに帰りに見物するところは、例の田《た》ごとの月できこえた姥捨山《うばすてやま》、真田昌幸《さなだまさゆき》が拠《よ》って徳川《とくがわ》秀忠《ひでただ》の軍の東上を遮った上田《うえだ》の古城址、上杉武田の交戦地である川中島《かわなかじま》、長野の善光寺《ぜんこうじ》などであるが、いずれも、そう大して旅客の心を惹くようなところではないが、一度は行って見て置くべきところではある。

姥捨山は、信越線の坂城《さかき》から左に一、二里の丘陵の中にある。下に川中島四郡の地を下瞰《かかん》し、相対した鏡台山《きょうだいさん》の上から月の昇るのを見るようになっている。昔から聞えたところで、歌枕《うたまくら》にも記されてあるような古い名所である。そこでは蕎麦《そば》を売っているが、あまり旨いとは思われなかった。上田の古城址は上田駅を下りて十数町、今でもその位置を明かに指すことが出来た。それに、これから長野に至る間は、川中島の龍攘虎搏《りゅうじょうこばく》の地で、四面を繞《めぐ》った山の形といい、松代《まつしろ》(昔の海野城《うんのじょう》)の粉壁の山際に白く見えているさまといい、汽車の中にいても、そぞろに当年の活劇を眼の前に浮べることが出来るような気がする。犀川《さいかわ》が長野の少し手前で、山巒の中から流れ落ちている形もわるくなかった。

この犀川の奥は山中と言って、いかにも山の奥らしいところである。

長野の市街《まち》は、嵐気の多い町ではあるけれども、単に善光寺のためにのみ発達した町なので、どうも深味に乏しい。町が停車場から爪先上りの一本筋であるのなども、松本の城下町らしい気分に比べて、夥《おびただ》しく気分を単純にされた。それに、町としての気分にも、何処《どこ》か荒々しい険しい処があって、長く落附いているには不適当であった。善光寺の門前はちょうど浅草の仲見世《なかみせ》の持った賑さと同じで、遠くから来る賽客《さいきゃく》が常に陸続《りくぞく》として往来している。例の戒壇《かいだん》めぐりなども一度はやって見るが好《よ》い。

町の東にある城山館《じょうざんかん》は、町の倶楽部《クラブ》のようなものであるが、そこから川中島四郡の地を眺めた眺望は、ちょっと他に沢山はないくらいにすぐれている。たしか少し金を出すと、誰でも見せてくれるから、旅客はそこに上って見る方が好い。

ここから見た国境山脈は、屛風を立てたようで、非常に美しい。またこの附近に、ブラン堂というたしか薬師《やくし》を祀《まつ》った名所や、平出《ひらいで》の城山《じょうやま》などというところがある。戸隠《とがくし》へは町から八、九里、爪先のぼりで、路はそうわるくない。車も楽に通じた。ちょうど北信三山《ほくしんさんざん》の一つである飯綱山《いいつなざん》の裾野を貫いて通って行くようになっていて、本社のあるところまでは別に他の奇はない。しかし本社近くなると、杉の杜《もり》などが深く、雲霧が常に騰上して、人をして山の深さを思